林は男らしい笑みを見せた。

「それじゃあ、頂きます」

「いただきます」

水と油な俺たちが織り成す同棲生活。

上手《うま》くいったら奇跡な同棲生活。

たった数日の同棲生活を振り返り、波瀾《はらん》に満ちたこれまでのことに思いを馳《は》せ……。

されど、この前気づかされた感情を、俺はまた反芻《はんすう》していた。

視線を脱衣所の方へ向けて、
俺は目を丸くした。
「きゃあああっ！」
林は叫んだ。
扉を開く音に反応して、
思わずそちらの方を見てしまったことを、俺は後悔した。
濡れた髪。色白の太もも。そして、慌てて両腕で隠した胸。
風呂上がりの体の熱をエアコンで冷まそうとでもしていたのか、
林はパンツ一枚だけの状態で脱衣所から出てきていたのだ。

CONTENTS

ダッシュエックス文庫

高校時代に傲慢だった女王様との同棲生活は意外と居心地が悪くない2

ミソネタ・ドザえもん

第一章　嫉妬深めな女王様

CHAPTER1

あれは確か、俺がまだ五歳くらいの時のことだった。

幼稚園のお昼休み、他の子たちが外で遊ぶために部屋から飛び出していく中、俺は一人ドミノを並べようと部屋の隅の玩具入れ《おもちゃい》の方へ向かっていた。

『山本《やまもと》君も一緒に外で遊ぼうよ』

玩具入れへ向かう俺に声をかけたのは、同じ組の女子。おぼろげな記憶だと、その子は同い年の男子から好かれていた。しっかり者な性格が幼心に刺さったのだろう。

どうして俺に一緒に遊ぼうなどと、その女子が誘いかけてきたのかはわからない。ただ多分、世話好きな性格故《ゆえ》にいつも一人の俺をほっとけなかったんだろう。

『いいよ。皆と遊ぶより、ドミノで遊んだ方が楽しいから』

俺は女子に平坦な口調で言った。

その言葉に偽《いつわ》りはない。言葉以上の他意だってありはしない。

ただ今は外で遊ぶよりもドミノで遊びたかっただけ。

ただ今は友達と遊ぶより一人で遊びたかっただけ。

それだけのことだった。

……ただ今になって思うと、俺の発言は昔から一言多い。

泣きだした女子と、突然のことに狼狽《ろうばい》する俺。

『うわわーん！』

俺たちを見かねて取り成しに入った先生のおかげで女子は泣きやみはしたものの、この騒動は、しばらく幼稚園内で事件のように取り沙汰《ざた》された。

別に、その一件がきっかけで俺がいじめに遭《あ》うようになったわけではない。ただ、周囲に腫《は》れ物に触るように扱われ始めた俺は、余計に他人と距離を置くようになった。

家でも家族と言葉を交わすことは少なかったし……当時から俺は、本当に一人でいる時間が多かった。

その結果だろう。

俺が、一人でいる時間を好むようになったのは。

俺が、人付き合いを疎《おろそ》かにするようになったのは。

そして俺に、友達と呼べる存在が少なくなったのは。

……別に俺は、被害者ぶって同情を誘いたいからこんなことを思い出したわけではない。

俺はただ、俺が今の俺に至った経緯《けいい》のようなものを軽く考察しようと思っただけだ。

なんでそんなことをする気になったのかといえば……。

一人でいる時間を好むようになった。

人付き合いを疎かにするようになった。

そんなぼっちマスターな俺が、十九歳にして異性と同棲することになるだなんて、人生何があるかわからないなあ、と思ったためだ。

しかも俺の同棲相手は、高校時代の同級生。

「まさかあの林《はやし》と、同棲することになるだなんてなぁ……」

林恵を匿《かくま》って、二度目の日曜日の昼。

俺は風呂場の掃除をしながら、ここ数日の間に俺の身に起きた数々の仰天《ぎょうてん》エピソードを思い返して、しみじみと現状の異常性を噛み締めた。

高校時代の俺と林は、正直言って、遠くない未来に同棲生活をするなんて想像もつかないような間柄だった。

当時の俺たちは、言ってしまえば水と油。絶対に交わることはないし、もし混ぜようとするならば拒絶反応が起きて無事じゃ済まないような関係だった。

そんな俺たちが今、こうして同棲生活をしている理由。それは高校卒業後、所謂《いわゆる》陽キャだった林が俺以外の男と同棲し始めたことがきっかけだった。

皆が思うだろう。

別の男と同棲することになった女子が、どうして俺なんかと同棲をしているのか、と。

無論、林の浮気が原因とかではない。昔から親しい人に対してだけは情に厚い林が、同棲するほど、大切に想った相手に裏切り行為を働くわけがないのだ。

では何故、今の林が俺なんかとの同棲を余儀なくされているのか。それは、同棲相手である男から、林がＤＶ（ドメスティック・バイオレンス）の被害を受けたためだった。

男のＤＶに耐えかねて、そいつのもとから逃げ出した林は、よりにもよって俺と再会を果たし、成り行きで俺たちは同棲生活を開始させたのだった。

方や、一人でいることに慣れて、自分のテリトリーを侵食されるのを嫌う俺。

方や、高校時代は傲慢《ごうまん》な女王様だなんて呼ばれ、ブイブイ言わせていた林。

正直、想像に難《かた》くないだろう。

そんな俺たちの……水と油の同棲生活は、衝突が絶えず、口論が絶えず、惨憺《さんたん》たるものに違いない、と。

……いやいやいや、待て待て待て（笑）。

舐《な》めるな。はっきり言わせてもらうぞ？

「山本、ちょっとこっち来なさい！」

その認識、大体合ってます……。

林の怒鳴り声に、俺は掃除の手を止めた。ヒステリックに叫ぶ林の声は、どう聞いても怒っていた。ちょっと来なさいと言われたが……正直、行きたくない。

しかし俺は、ため息を吐《つ》いて風呂場を出た。ここで林の機嫌を損《そこ》ねた方が、後々面倒なことになりそうだと判断したためだ。

風呂場を出て、リビングへ行くと、林は小さなテーブルの前で正座していた。

「ん」

林はテーブルを挟んで対面《トイメン》に座るように、指で促《うなが》してきた。

「ん、じゃわからんが」

俺は敢《あ》えてとぼけることにした。

「ん！」

しかし、まるで効果はなかった。むしろ、火に油を注いだ感さえあるのは気のせいか？

うん。多分気のせいじゃないね！

はっきり言って怖い。今にも足が震えそうだぜ……。

俺は渋い顔で、林の向かいに腰を下ろした。

「あたしが怒ってるの、わかる？」

「わかる」

「どうして？」

「そりゃあ、声が怒っているから」

「違う！　そういうことを言ってるんじゃない！」

でしょうねぇ。

「あたし、昨日言わなかった？」

俺は黙った。

はて、何か言われたっけ？

「覚えてないの？」

「……まぁ」

「あたしがあんたのために言ったのに、覚えてないの？」

林の語気が強まっていくが、心当たりのない俺は、ただただ反応に困っていた。

ハーーーッ、と、伸ばし棒三本分くらいの、深い深いため息を、林は吐いた。どうやら呆れているようだ。

「あんた、何時からお風呂場に籠《こ》もってた？」

「へ？」

素《す》っ頓狂《とんきょう》な声が出た。

「何時からお風呂場に籠もってたっ⁉」

林の詰問に、俺は一瞬視線を泳がせた。

何時から風呂場に……？

そんなこと覚えてない。

当然だろう。

掃除は俺の趣味であり、生き甲斐であり、人生の糧《かて》であり、娯楽なのだ。娯楽にどれだけ時間をかけたのかを問うなんて、無粋《ぶすい》にも程がある。知らんけど。

それに、俺が風呂場に籠もっていた時間と、今林が怒っていることに、一体何の関係があるのだ？

「三時間」

「何が」

「あんたが風呂場の掃除に取り掛かったのが十時。今あたしがあんたを呼んだのが十三時！」

「……おー」

つまり三時間とは、俺が風呂場で掃除をしていた時間、というわけか。

ははっ、林の奴、事細かに時間を数えているんだなあ（呑気《のんき》）。

……まあ、ただなんだ。何となく、林が何を言いたいか、わかった……かもしれない。

「あたし、昨日言ったよね？」

「……」

「言ったよね!?」

「……言われたかも」

林はまたため息を吐いた。

「趣味に没頭するのはわかる。でも、趣味ばかりに没頭するのはどうかと思う」

「でも、おかげで風呂場は新築時同然に綺麗になった」

「そういうことじゃない！」

「そうでしょうね……」

「……決めた」

「……何を？」

脈絡なく何かを決めた林に、俺は首を傾《かし》げた。

「掃除は一日一時間！」

林の言葉に、俺は一瞬事態を飲み込めなかった。

掃除は一日一時間。それって……つまり、どういうことだ？

林に告げられた言葉の意味がわからない。もしかして日本語じゃないのか？

中国語。……英語。それか、タイ語とか？　コップンカップ？

くそっ、こんなことになるのならもっと語学を積極的に学んでおくんだった……っ！

ただわかるのは、少なくとも今、林が発した言語は日本語ではない！

だってもし日本語なら、林は俺に掃除をする時間を制限してきたってことだろう？

あはは。あはははは っ！

ありえない。そんなことあるはずがないっ！

だって、掃除はすればするほど、生活の質が上がるんだぞ？

お互いにメリット尽くしなんだぞ？

メリットのある行為を制限する理由がどこにある!?

「時間制限しないと、あんたもう止まらないでしょ」

理由、あった……。

「明日から、一時間以上掃除したら怒るから」

掃除を一時間以上したら……怒る？

「日本語だった！」

「は？」

「っていうか、えぇぇ!?」

「絶対に厳守すること！」

「嫌だ！」

「子供みたいなこと言わない！」

「お前だって、おかんみたいなこと言うな！」

いや違うか。

だってウチのおかんは俺がリビングの掃除をしていると、

『おうい、ここに埃《ほこり》残ってるわよー』

なんて言って、自分が寝転がるソファの前の埃を俺に取らせるくらいなのだから。

何なら俺のこと、コミュニケーション機能つき全自動掃除機くらいにしか思っていなかったかもしれないんだぞ？

悲しいね、俺！

林の奴、俺のおかんよりおかんらしいこと言いやがって……。時間制限をつけられるなんて、ゲームかよ。娯楽って意味だと一緒だけどもっ！

ともかく、これだけは絶対に譲れない。

譲ってしまったら最後、本当に俺は、掃除を一日一時間しか出来なくなってしまう。

譲れない。絶対に譲ってはいけない……！　絶対に譲れない戦いが、ここにある！

「山本、覚えている？」

林は、テーブルの上を指差した。

「あたし、十二時にあんたを呼んだよね」

「そうだっけか？」

テーブルから目を逸《そ》らす俺。頑としてテーブルを指差し続ける林。

見ちゃいけない。テーブルを見てしまったら……勝敗は決する……っ！

「お昼ご飯、冷めちゃったんだけど」

見ずとも、その事実を指摘されるだけで勝ち目なんてありませんでした。

「あたし、十二時にあんたを呼んだよね」

わざと、林はさっき言ったことをもう一度言った。

「お昼出来たよって、呼んだよね？」

……まるで、粗相をしでかした子供になった気分だった。自分の失態から目を逸らして、下唇を嚙み締めて、叱責《しっせき》してくるおかんの顔も見ることが出来ない、情けない子供になった気分だった。

「お昼出来たよって呼んだあたしに、あんたはなんて言った？」

俺は俯《うつむ》いて黙りこくった。

「なんて言った？」

「すぐ行く……って、言ったかも」

「それに対して、あたしはなんて言った？」

「早くしてね……って言われた……かも？」

「十二時にお昼が出来て、今は十三時。あんたを呼んでから一時間も経《た》った」

そうか。俺は一時間も林を待たせたのか。

ふと思った。

もし自分の側《がわ》が昼ご飯を一時間待たされたら、俺ならどう思うだろう？

多分、怒る。

そうか。だから林は怒っているのか（迷推理）。

「山本」

「……はい」

「掃除は一日何時間？」

俺は黙った。

言うしかない。言うしかないのだ。

わかっている。わかっているんだ……っ。

だけど。

……だけどっ！

「二時間」

「抗《あらが》うならもっと盛大に抗いなさいよ」

「じ、十時に掃除を開始して二時間ならちょうど十二時だろう？」

「あんたにはアディショナルタイムがあるじゃない」

「ない！　とは言えない！」

「でしょ？」

むぐぐ……っ。

「山本」

林の声は、俺を諭《さと》すような調子だった。

優しさ半分。厳しさ半分。

俺の返答次第でどっちにも転ぶ、そんな声だった。

「掃除は一日何時間？」

「……」

「……」

「…………」

「…………」

「いち」

「よろしい」

くそう……。俺、負けちまったよ。

……やはり、俺たちは水と油。

絶対に交わることはないし、もし混ぜようとするならば拒絶反応が起きて無事じゃ済まない。

……主《おも》に、俺が。

あーあ、これからは掃除は一日一時間しか出来ないのかー。

楽しかったのになあ。

興奮したのになあ……。

……悔しいなぁ。

……と、頭の大部分では思うものの。

「じゃあ、ご飯食べようか」

二人分の食事が並んでいたテーブルを見ると、まるで自分の行いが駄々をこねる子供のように思えて、情けなくなった。

どうやら林は、わざわざ俺に合わせて、一時間昼ご飯を食べるのを待っていてくれたらしい。

「……すまんな」

「それはこっちの台詞《せりふ》だっての」

林は男らしい笑みを見せた。

「それじゃあ、頂きます」

「いただきます」

水と油な俺たちが織り成す同棲生活。

上手《うま》くいったら奇跡な同棲生活。

たった数日の同棲生活を振り返り、波瀾《はらん》に満ちたこれまでのことに思いを馳《は》せ……。

されど、この前気づかされた感情を、俺はまた反芻《はんすう》していた。

やっぱり、こいつとの同棲生活は意外と居心地が悪くない。そう思った。

まあ、そんなことは決して林本人には言わないのだが。照れ臭《くさ》いし。

かくして、今日も俺たちの日常は平穏無事に過ぎていく。

◇◇◇

掃除を一日一時間と制限された日の夜。林の振る舞ってくれた夕飯を食べた後、俺たちは狭い六畳の部屋で各々《おのおの》の時間を楽しんでいた。

俺はテレビでバラエティ番組を。林は、俺が以前貸したタブレットで動画を見ていた。

「何こいつ、あったま来ちゃう！」

タブレットから漏《も》れてくる音を聞いている限り、林が今見ているのは、所謂スカッと系動画。林をこの部屋に匿いタブレットを渡してから、林はしょっちゅうこの類《たぐい》の動画を見ていた。

最初は、ＤＶ被害を受けた自分と、物語の冒頭で酷《ひど》い目に遭わされる主人公の境遇を重ね合わせて、相手に報復をしてやりたい、という心境心理でこの手の動画に嵌《は》まったのだと思っていたが……件《くだん》のＤＶ男に思いの丈《たけ》をぶちまけ、溜飲《りゅういん》を下げた今でも、相変わらずこれらのジャンルがツボなのは、単純に勧善懲悪《かんぜんちょうあく》のストーリーが好きだからなのだろう。

「あははー、ウケるー」

林はベッドに仰向けに寝転び笑っていた。タブレットの音を聞く限り、動画の流れ的にちょうど、散々身勝手な行いをしてきた敵役《かたきやく》が断罪されるクライマックスシーンのようだ。……その場面で爆笑するのは、端《はた》から見ると少し性悪に思える。

「あぎゃっ」

どうやら天罰が下ったらしい。

両手に持っていたタブレットを、林は手から滑り落とした。タブレットは顔面にヒット。

……これは、痛いやつだ。

「～～～っ」

ベッドの上で、林は額《ひたい》を押さえて、足をバタバタさせて、悶絶していた。

その時だった。

林が暴れた拍子《ひょうし》に、Tシャツがはだけて、彼女のへそが露《あらわ》になったのは。

俺の視線は……まるでブラックホールの引力に引き寄せられる惑星のように、林のお腹《なか》へ向けられていた。

この部屋に匿われて以降、ほぼ引きこもり状態で運動不足だろうが、林の体は少し痩《や》せすぎなくらいに細身だった。あまりの細さに、少しの衝撃を加えただけでも骨折するんじゃないかと心配になる時もあるくらいだ。

……しかし、そんな細すぎる体とは異なり、林の胸は主張が激しい。そして今、もう少し待っていれば……その胸が見えそうだった。

俺はハッとして、視線を林から逸らした。

いかんいかん。

いくら、一つ屋根の下で年頃の男女が同棲しているとはいえ、ふしだらな関係はいかん。

……いや、本当にいかんのか？

一つ屋根の下で年頃の男女が暮らしていたら、間違いの一つや二つくらい、当然起こるものなのではないのか？

そもそも、ふしだらな行為を間違いと言う方がどうかしているのではないだろうか？

だって、もし今が現代ではなく古代だったら、ふしだらな行為も悪魔祓《ばら》いとでも称することで、神聖な行為と言い張れるではないか。

つまり、俺の行いは当然の行いであり、覗《のぞ》きは神聖な行い。

論理の飛躍が過ぎる！

こうやって新興宗教の教祖は誕生するんだろうなあ……。

まあ、とにかく思ったのは……。

「これが高校時代、女王様と呼ばれた女の成れの果てか……」

高校時代、女王様と呼ばれていたにもかかわらず、タブレットを顔面に落として悶絶する今の林は、実に滑稽《こっけい》だった。多分、高校時代に林と犬猿の仲だった奴がこの姿を見れば……それはもう胸がスーーーーッとすく思いだろう。それこそ、伸ばし棒五本分くらい。

高校時代、林と犬猿の仲だった奴。

……俺か？

「湿布《しっぷ》いるか？」

「だいじょぶ……」

涙目の林に言われた。どう見ても大丈夫そうではない。ただ、本人が大丈夫と言うのならばそうなのだろう。

それにしても林の奴、脇が甘いな。しょうもないことで怪我《けが》をしかけて。

……そういえば、この部屋に匿ってすぐの頃にも、林は壁に足をぶつけたりしていたな。

もしかしてこいつ、意外とドジなのか？

……あー、この考えはやめよう。

これ以上、林に属性を追加したら、しっちゃかめっちゃかになる未来しか見えないんだもん。

「まったく。もう少し緊張感を持てよ」

林が落ち着いた頃に、俺は指摘した。

「一応、お前の元恋人はまだ捕まってないんだからな」

数日前、林はこの部屋を飛び出した際、運悪く例のＤＶ男と再会を果たしてしまった。その結果、林は市街地でその男と激しい口論となり、警察沙汰《ざた》にまで発展した。まあ、個人的には是非警察沙汰にしたいと思っていた事柄だったので、多方面を巻き込めたことは良かったのだが……。これでＤＶ男も警察のお世話か、と思い安堵《あんど》した一瞬の隙《すき》を突かれ……そいつは、警官が駆けつける前に、口論の場から忽然《こつぜん》と姿を消してしまった。

その場で林は、ＤＶ男に対して決別の意をはっきりと伝えることが出来たが、加害者が逃亡したままの事実を踏まえると、進展はあったようななかったような。

結局、林はＤＶ男と決別こそ出来たものの、この部屋から出られない窮屈《きゅうくつ》な生活を強《し》いられている。

「まあ、なんとかなるでしょ」

俺の心配を余所《よそ》に、林はそんな言葉を口にした。あまりにも楽観的な台詞に、文句の一つも言ってやりたくなったがグッと堪《こら》えた。あんまりキツく言って落ち込まれるのも面倒だからだ。あと逆ギレされたら怖いし。

それに林は、この部屋にずっといるわけにはいかないはずだ。

俺たちは恋人同士ではない。さっきも思ったが、そんな男女が一つ屋根の下で同棲など、いつ間違いが起きてもおかしくない。

間違いが起きようが、俺は別に構わない。こう見えて、これまでの人生で作った黒歴史の数は一つや二つではない。

ただ、林はそうはいかないだろう。まして、林はＤＶ被害を受けたとはいえ、自暴自棄になって暴走した前科もある。間違いが起きて、また一人になったら……今度こそ林は何をしでかすか、わかったもんじゃない。

それと、今の林が頼れる人間が、俺しかいない状況もあまり芳《かんば》しくないだろう。長い人生を過ごしていく上で、一人の人間しか頼れないような交友関係は、最終的には依存へと繋がっていくはずだからだ。

つまり、ＤＶ男と決別する意志を固めた林が次にとるべき行動は……奴のせいで縁が切れた友人や家族と再会を果たすことだろう。

とはいえ、林がＤＶ男に受けた仕打ちは壮絶だ。それこそ、人間不信になっていてもおかしくないくらいに。

……失った関係を取り戻すことは急務だが、それは今か。もう少し先か。

やはり俺の気も知らず、林は再び、タブレットに意識を集中していた。

今度は一分に満たないショートムービー集を、ぼんやりと眺めていた。

そして、タブレット落下対策か、わざわざうつ伏せに寝転び直した。おかげで健康的なへそはもう見えそうにない。それは一向に構わない。少し寂しい気もするけども。

そんな時、林の操作するタブレットから、卒業ソングが聞こえてきた。

どうやら、学生が投稿した卒業式での一幕のようだ。

場面は卒業証書授与式。カメラを向けた友人が名前を呼ばれた時、変なことを叫ぶ。そして、周りが笑いを堪えている。そんな動画だ。

まあ、よくあるやつだな。

そして、目新しさがないにもかかわらず……仲間内のノリでネットの海にそのネタ動画を投下するのだ。

そういうの、最終的にデジタルタトゥーとして自分に傷がつくだけだからやめた方がいいと思う。

少なくとも俺は絶対にしない。

「こういうの、何が面白いのかよくわからないよね」

林が言った。

「わかる」

「あんたの場合は、こういうのでワイワイ出来る友達がいないだけじゃない」

「突然のパンチ」

「あはは……」

乾いた笑いの後、林はタブレットをスリープ状態にして、再び仰向けになった。

しばらく彼女は黙って、天井を見上げていた。

「皆、元気にしているかな……」

……DV男のもとから逃げ出して、ここに匿われて、二週間ほど。

林を取り巻く状況は好転したのか、悪化したのか。

それは正直、微妙だと思う。

確かに、ＤＶ男と決別するために行動を起こした。

だけど、ＤＶ男は未《いま》だ警察に捕まっていない。

そして、友人や家族との関係は絶たれたまま。連絡手段もなければ、頼れる人間は高校時代に忌《い》み嫌っていた俺だけ。更には、大学は退学していて、資金面も心許《こころもと》ない。

まだまだ、林が解決しなければならない課題は山積みだ。本人にも焦《あせ》りや不安感はあるだろう。

……だけど。

悩んで、自《みずか》らの意志で選択して、ＤＶ男に立ち向かった結果だろうか。

当人の精神面は、ここに来た当初よりずっと良くなっているようだ。

何故そんなことがわかるのかって、ここに来た当初の林は、昔の友達の近況を気にする余裕もなかったからだ。それくらい、自分のことで精一杯だったのだ。

でも、今はそうではない。

……ならば、今なら大丈夫かもしれない。

「なあ林、明日、スマホを買いに行かないか？」

「……スマホ？」

「スマホだ」

「……スマホ、か」

以前、林が持っていたスマホは、ＤＶ男に破壊されてしまった。そのせいで、高校時代の友人や家族と連絡を取る手段を、林は失ったのだ。

ただ、林のことだから、スマホをもう一度手に入れさえすれば、あっという間に高校時代の交友関係を取り戻せるに違いない。

だから、俺は林にスマホを契約するように勧《すす》めた。

俺からの提案に、林は目を泳がせた。理由は聞かずとも、大体わかっていた。

「金なら大丈夫だ。貸してやる」

いつか林には、俺の懐《ふところ》事情を事細かに説明している。スマホの値段はピンキリだが、格安スマホだったら、一台分くらいの費用を出せるほどの金銭的余裕はある。最終的に返してもらえるのなら、その代金は出すつもりだった。

「駄目だよ」

しかし、林は俺の申し出を断った。恐らく、娯楽品に俺の金を使わせることに気が引けているのだろう。

まったく。この女はここに来てから遠慮ばかりだ。高校時代に女王様と呼ばれていたのが嘘みたいだ。

……正直、今の林を納得させて、俺の金でスマホを買わせることは不可能じゃない。

それこそこんな提案なんかせずとも、俺が勝手にスマホを契約して彼女に渡せば、強引だが問題は解決する。

でも、それだと意味がない。

「お前はどうしたいんだ？」

俺は、林に尋《たず》ねた。

「スマホ、欲しいのか？　いらないのか？」

人ってのは、結局自分本位な生き物だ。時々、相手が可哀想という意見を持ち出して、社会を変えようと訴えかける奴が現れる。そういう事例を見る度《たび》に俺は思う。

可哀想と言われた相手は本当に、そいつに向けて言ったのか？

助けて、と。

自分は可哀想です、と。

そうなのだ。そんなこと、可哀想と決めつけられた側は一言もそいつに向けて言っていないのだ。

だったら、そいつはどうして社会を変えようと訴えるのか。

それは結局、そいつ自身がその社会が気に入らないから。つまり、自分本位な理由に他ならない。他者を持ち出すのは、主語を大きく見せるため。自分にはこれだけの味方がいると思わせたいだけ。ただそれだけなんだ。

話が逸れたが、俺が言いたいことはつまり、林が何をするのか。どう行動するのか。それを決めるのは、林自身でなくてはならないということだ。

彼女の人生。彼女のする選択は……彼女自身で決めないと意味がない。

林は、少し逡巡《しゅんじゅん》していた。まだ迷いがあるようだ。

「スマホは、欲しい」

そして、弱々しい声で言った。

「……やっぱりまた皆と、連絡取り合いたい」

「そうか」

「でも、あんたからお金は借りない」

「……そうか」

「うん」

……それが林の選択なら、これ以上、俺が言うことはない。

ただどうやら、林の言葉には続きがあるようだ。

「だから、自分のお金で買うよ」

力強く、林は言った。

「あいつと同棲する前のバイト代とか、上京する前のバイト代とか。本当に少しだけど、お金はあるから」

「うん。……ここに無償で住まわせてくれて、食費も出してくれているあんたには悪いんだけど」

「そうか」

「悪いもんか」

「……本当?」

「ああ、いつも旨《うま》いご飯を振る舞ってくれているからな」

……それだけじゃない、か。

「……それに、趣味に没頭する俺を、お前は窘《たしな》めてくれた」

「……あはは」

林は俯いた。どうやらまだ、何か言いたいことがあるらしい。

「山本、じゃあ明日、スマホショップへ行くよ」

「おう」

「で、さ……。あんたも一緒に、ついてきてくれる?」

上目遣《うわめづか》いに、林は尋ねてきた。どうやら、それが林が言いたそうにしていたことのようだ。

「勿論《もちろん》。始めからそのつもりだ」

「……エへへ。ありがと」

伏し目がちに頬を染める彼女は、どこか少し気恥ずかしそうだった。

◇◇◇

大学の講義を終わらせ、俺は足早に帰宅をした。

「ただいま。すまん。少し遅くなった」

「おかえり。大丈夫だよ」

林はタブレットで動画を見ていた。ここに来てからは半袖《はんそで》Tシャツとショートパンツという姿しか見せてなかったが、今日は外出用か、薄手の上着を一枚羽織っていた。

「じゃあ、行こうか」

「うん」

向かう先は当然ながら、林のスマホを契約するためのスマホショップ。

「山本、あんた不審者みたいだよ？」

ただ道中、俺は周囲をキョロキョロ見回しながら歩みを進めた。理由は無論、DV男に林が付け狙われていないか警戒するためだ。正直、これほど神経を使って道を歩く経験は、これまで一度もなかった。端《はた》から見れば、林の言う通り、今の俺は不審者にしか見えないだろう。

「仕方ないだろ。あの場で部外者を装《よそお》ってあいつを論破した俺とお前が一緒に歩いている姿を、DV男に見られてみろ。余計な邪推を抱かせるようなもんだろ」

「まあ、大丈夫じゃない？」

「何を根拠に」

「その時はさ、全力で大声上げるから」

「……まあある意味、警察沙汰になっていいかもな」

　相変わらず緊張感の乏《とぼ》しい林を伴いながら、何とか目的地のスマホショップにたどり着いた。スムーズに事は進み、契約書にサインをし、お目当てのスマホは、入店から大体三十分くらいで契約出来た。

「やったー」

　帰り道、林は嬉しそうに笑っていた。

　契約したスマホは、中華系メーカー製の格安スマホだった。

「良かったたな」

「うん。ありがとう。山本」

「お礼を言われるようなことはしていない」

「そんなことないよ」

　嬉しそうに林が笑った。

「本当だったら、前に使っていたやつにしたかったんだけど、もう売ってないんだね」

「スマホは半年に一回のペースで新機種が出るからな。お前が高校の時に使っていたやつなら、もう新品では出回ってないだろうなあ」

「へえ、そうなんだ」

「ああ」

俺は大事なことを思い出し、続けた。

「前のスマホとはＯＳが変わるから、最初はちょっと不便さを感じるかもしれないが、すぐ慣れると思う」

ＯＳとは、オペレーションシステムの略で、スマホやパソコンを操作するのに必要となるソフトウェアのことだ。スマホのＯＳはおおまかに分けて二種類だが、今回林が契約したスマホと、前使用していたスマホでは、そのＯＳは異なっていた。

「おーえす？」

「そう。ＯＳ」

「ふーん。そっか」

反応を見るに、どうやらあまり理解していないらしい。

「前使っていたメーカーの機種は、アクセサリ関連も豊富だったが、そのスマホはそうもいかないだろうな。ネットとかで見繕《みつくろ》うか？」

「とりあえず画面にカバー貼ってあるしいいんじゃない？」

「保護フィルムな……意外とこだわりがないな」

「あたし、機械オンチなんだよね」

「え、そうなの?」

なんだか少し意外だった。

「でもお前、この前貸したタブレットを不自由なく使えてたじゃねえか」

「動画を見るならここを押す。連絡したい時にはここを押す、調べものの時はここを押して文字を書くとかって、前、友達に教えてもらったからさ。まあつまり、ボタンの形で覚えた」

ボタン、とは、アプリのことだろうか?

今の時代、高齢者だってアプリのことくらい理解してスマホを利用するぞ?

……もしかしたら想像以上の逸材かもしれない。

「とりあえず、ネットの繋ぎ方とか教えてよ」

「WIFIのことか?」

「マイサイ?」

「そうそう。それそれ」

面倒臭くなって、俺は適当に返事をした。

「ねー。それでさ、高校の時の友達と連絡を取るためにスマホを契約したわけだけどさ。……連絡先とかって、どうすれば復活するの?」

そろそろアパートに着く、というタイミングで、林は尋ねてきた。

「あたし、前は友達にスマホを渡して登録してもらってたから……どうすればいいかな？」

「最近のスマホは、機種変用のクラウドサービスがあるから、アカウントさえわかればそれで復活出来るな」

　クラウドサービスとは、スマホやパソコン上にデータを保管するのではなく、ネット経由で企業が管理するデータベースにデータを保管するサービスのことだ。

「なんで突然、雲の話をしているの？」

　ほら見たことか。

「ポンコツが過ぎるぞ、さっきから」

「馬鹿にしてるなら怒るけど？」

　いきなり女王様に戻りやがった。ポンコツから女王様に変わる緩急《かんきゅう》がエグい。

「お前、前の機種変更の時はどうやったんだよ」

　俺は呆れながら突っ込んだ。

「え、灯里《あかり》にお願いって」

「人に頼んだのかよ……！」

　灯里、とは、高校時代の林の一番の親友のことだ。フルネームは、笠原《かさはら》灯里。

　実は今、笠原は俺と同じ大学に通っている。科は違うけど。

「パスワードとかどうしてたんだよ」

「灯里が全部知ってるもん」

「パスワード設定する意味わかってんのか？」

高校時代から思っていたことだが、林と笠原は昔から本当に仲が良かった。

ただこの話を聞いている限り、二人の関係はただ仲が良かったで終わらせられるものではない気がする。

なんというか、もっとこう……闇が深そう。

「……自分で自分のアカウントやパスワードは覚えてないのか？」

「あんた、あたしのこと馬鹿にしてる？」

「……」

「覚えてるわけないじゃない」

「馬鹿にしてほしいのか？」

ここまで数日間、こいつと一緒に生活をしてきて、高校時代は女王様だと思ったこいつが、実は意外と献身的で、姐御肌《あねごはだ》で、落ち込みやすく、されどやっぱり強《したた》かだったということを知ることが出来た。

これからもっとこいつのいろんな姿を知れていけたらいいな、と俺らしくもない感情を抱くこともあった。

……ただこの機械オンチぶりは、この同棲生活を送ってきた中で、一番知りたくなかった林の一面かもしれない。

　呆れていたら部屋にたどり着いていた。

「ただいまーっ」

　林はベッドに飛び込んで、早速スマホを起動させた。

　俺は、喉を潤《うるお》そうと冷蔵庫から麦茶を取り出し、二人分のコップを準備し始めた。

「山本！」

「うわっ」

　林がベッドから飛び降りて、俺に迫ってきた。

「スマホの設定して！」

「……他人頼み」

　お前これまで、散々俺に遠慮してきたじゃねえか……。ことスマホに関しては完全に他人任せかよ。

「仕方ないじゃん。あたしがスマホ弄《いじ》るとさ」

「弄ると？」

「ぶるーすくりーん？　ってのになったんだよね。灯里が青い顔してた。ぶるーすくりーんだけに？　あははっ！　今の上手い！」

「俺がやろう」

前科持ちかよ。酒落《しゃれ》をかましてる場合じゃないだろ。しかも全然上手くねえ。ただただ笠原が不憫《ふびん》だよ。

というか、何したらそんな事態に陥《おちい》るんだよ。こええよ。

……仕方ない。この場は俺が、林のスマホの初期設定を黙ってやってやることにした。

「終わった？」

二十分後、林が声をかけてきた。いつの間に林は夕飯を作ってくれていたようだ。

「おう。連絡先以外は何とかなった」

「連絡先はどうするの？」

林の奴、こういったことに無知な癖《くせ》して、急に核心を衝《つ》くような質問をしてきやがる。

「……そうだな」

林の機種変更用のアカウントがわからない以上、そこを頼ることは不可能に近い。

さて、どうしたものか。まあ正直、当てはある。

……ただ、その前に。

「林、一つ教えてほしいことがある」

俺は、林に尋ねないといけないことがある。

「何よ、改まって」

「お前と、元恋人の過去について、だ。お前たちがどんなふうに出会ったのか教えてくれ」

「……なんでそんな話、しないといけないの？」

「頼む」

真剣な瞳を向けていると、林はバツが悪そうに目を逸らした。そして、ため息を一つ吐いた。

「……大学の友達にさ、合コンに誘われたの。その日、友達はすごい気合いを入れててさ。聞いたら、メガバンク勤務のエリートが合コン相手だったそうなの。そこで出会ったのが、あいつ」

「大学……。高校の時の友人はあいつと無関係なのか？」

「……何その質問」

林は少し怒ったように、俺を睨《にら》んできた。怖い。

「当たり前でしょ。なんてこと聞くのよ」

「……そうか」

俺はホッと胸を撫で下ろした。

そんな俺を、林は未だに睨んでいた。

と、ともかく……大学時代の友人との伝手《つて》でＤＶ男と出会ったのなら、あいつはさすがに、ＤＶ男とは無関係だろう。

「林、スマホを貸してもらうぞ」

「何をするの？」

「俺が知ってるお前の友人の連絡先を、お前のスマホに登録するんだよ」

林は首を傾げた。

「そいつにお前の友達の連絡先教えてもらえよ」

「あー、なるほど」

理解したようだが、林の表情は何故か暗かった。

「なんだ。嫌か？」

「……相手による」

言葉とは裏腹に、重々しい声は絶対に嫌だと語っていた。

「だってさ。同棲相手にＤＶされて、スマホも破壊されたから、皆の連絡先を教えてほしいなんて……ね。あんまり仲良くなかった子には言いたくないじゃん」

「背に腹は代えられなくないか？」

「……うーん」

どうにも林はふんぎりがつかないらしい。

「相手によっては、お前の沽券《こけん》に関わるから、それが嫌って感じか？」

「……そうだね」

まあ、林はかつて女王様と呼ばれていたくらいだし、臆病な自尊心があるのだろう。

「……まあ、大丈夫じゃないか？」

「何を根拠に」

「多分、こいつはお前のこと、心配しているから」

……今、林のスマホに登録した連絡先の相手と俺は、林をここに匿ってから実は一度だけ彼女に関する会話をしていた。

その時、彼女は林の行方《ゆくえ》を探していた。無論、俺は林の居場所を知っていた。何せ、俺の部屋にいるのだから。ただ俺は、あいつにそれを伝えなかった。

林の元恋人とあいつに、繋がりがあるかもしれないと邪推してしまったためだ。しかし今、林の話を聞いて、二人に繋がりはないと確信できた。

「ほら」

「……んー」

渋い顔で、林はスマホを受け取った。

そして、目を丸くした。

「山本」

「何だ」

「なんで、あんたが灯里の連絡先を知っているの？」

林のスマホに表示された連絡先は、『笠原灯里』。高校時代、林の一番の親友である笠原の連絡先だった。

林の言いたいことはわかる。

高校時代、俺と林は仲が悪かった。そして、林と笠原は仲が良かった。どれくらい仲が良かったのかは、ちょっと闇深案件なため語りたくない。林に睨まれるより怖いもん。

つまり、林からしたら、親友である笠原のことで知らないことはないと思っていたのだろう。

だから、自分の知らない間に、俺と笠原が接点を持っていたことに、林は心底驚いているのだ。いやもしかしたら、驚いた以上に怒りにも似た感情を抱いたかもしれない。

「……詮索《せんさく》はしないでくれ」

冷たい視線を寄越《よこ》す林に、居心地が悪くなった俺は目を逸らした。

第二章　きわどい女王様

CHAPTER2

いつも通りの時間に目を覚まして、俺は一つため息を吐《つ》いた。今日という日が来てしまった。

その事実に落ち込まざるを得なかった。

あーあ、どうして夜寝て、目を覚ましたら明日になっているのだろう？

目を覚ましても明日にならなければいいのに。

……もしかして、寝なければ明日にならないいんじゃね？

しょうもない考えは一旦置いておいて、俺は日課である部屋の掃除を始めることにした。先日、同棲相手に掃除は一日一時間と制限された俺だが、あの約束は一応キチンと守っている。

そのせいで、今から掃除を始めたら林《はやし》が起きてくる頃には掃除は打ち切らないといけなくなるのだが……。

いや、待てよ？

林が寝ている間は、あいつも俺の掃除時間をカウントしようがない。だったら、この時間は数に入れなくてもばれないのではないだろうか？

……やめよう。ばれたら怖いし。

「おはよー」

「おう」

ベランダの掃除をしていたら、林が目を覚まして声をかけてきた。

林はこの部屋に来てから、目を覚ますといつも俺の掃除してる箇所を探して声をかけに来る。

ただ、林は朝が弱い。

寝癖《ねぐせ》がついた髪。起きているのに閉じたままの眼《まなこ》。覚束《おぼつか》ない足取りでこちらにやってくる姿は、あまりにも危うくて心配になるくらいだった。正直、心配になるから頭がシャキッとするまでこっちに来ないでほしい。

「朝ごはん作るね」

「やけどとかには気をつけろよ」

「子供じゃないんだから……ちょっと熱いのくらい我慢するよ」

「やけどに気をつけろって言ってるよね？」

俺に余計な心配をさせつつ、大きなあくびをしながら、林はキッチンへ。

「しっかりしろよ。今日、笠原《かさはら》来るんだろ？」

「うー……」

返事が返事になっていない。

今日は土曜日で大学は休講日。

実は今日、この部屋に林の親友だった笠原がやってくることになっている。

林がスマホを契約して、俺が林に笠原の連絡先を教えた日のことだ。

林は早速、笠原と連絡を取っていた。

『こういう時、なんてメッセージ送ればいいのかな』

なんて、俺に聞いても碌《ろく》なアドバイスが返ってこないだろうことを尋《たず》ねつつ、とりあえず、久しぶり、と林はメッセージを送っていた。

既読はすぐについた。まもなく笠原からの鬼メッセージが林のスマホに届きだした。

心配したよ。

今までどこに行ってたの？

前のスマホは壊れたの？

などなど、ちょっと問い詰めるようなメッセージが矢継ぎ早に林のスマホに飛んできた。

なんで林のスマホが壊れたこと、笠原が把握してるんだ……？

そんな疑問を抱きつつ、その後も二人の微笑ましい……と思《おぼ》しきやり取りは続いた。

林は、おおまかな自分の近況を笠原に伝えた。

大学入学後、一人の男と同棲を始めたこと。

その男にＤＶを受けたこと。

その男のもとから逃げ出したこと。

そして今、俺の部屋に匿《かくま》われていて、俺からの助言で、新しいスマホを契約して、笠原に連絡をしていること。

最初こそ心配げに二人のやり取りする画面を許可を得た上で覗《のぞ》いていた俺だったが、途中からは興味も薄れて、テレビを見ていた。

『山本《やまもと》』

そうして、バラエティ番組を見ながら笑っていると。

『ん？』

『灯里《あかり》、明後日ここに来ることになったから』

『え、なんで？』

こうして、家主の許可を取ることなく、林と笠原の再会の約束は交わされた。

『じゃあ俺、お前たちが会っている間、どっか外出してるわ』

最初はそんな提案をした。

『灯里がお礼言いたいから一緒にいて、だってさ』

ただ、受け入れてもらえなかった。

『嫌なんだけど……』

『なんで？』

『だってそれ、本当にお礼か？』

『お礼でしょ』

呑気《のんき》なことを林は言うが……俺は到底、そうは思えなかった。

長年の勘がそう言うのだ。

何せ……俺と林に高校時代、いろんな因縁《いんねん》があったように、俺と笠原の間にもまた、相当いろんな因縁があったのだから。

『気が重い』

『しっかりしてよ。家主』

こういう時ばかり、林は俺の立場を盾《たて》にとってくるから困る。そうか。これが名ばかり管理職ってやつか。多分、違う。

◇◇◇

掃除は一日一時間ルールのせいで、部屋にいる間すっかり手持ち無沙汰《ぶさた》になった俺は、テレビでも見ながら時間を潰《つぶ》すことにした。しかし、これから罰ゲームにも等しい時間がやってくることをわかっているせいか、テレビの内容が全然頭に入ってこなかった。

「ソワソワしっぱなしじゃん」

「うっさい」

何故だか冷たい目をした林に苦言を呈され、俺は余裕のない返事をした。

「……ねえ、山本」

「あ?」

「あんたってさ……」

林が何かを言いかけた時、チャイムが鳴った。

俺は思わず、ビクッと体を揺すった。

「来たね」

林が言った。

「……山本、出る?」

「なんで?　お前が出るべきだろ」

「……うん」

「はーい」

林は立ち上がって玄関へ。

「メグ!」

「うわあっ」

「メグ……。メグ、心配してたんだよっ!」

玄関の方から、甲高《かんだか》い聞き馴染《なじ》みのある声が届いた。

それを耳にした途端、俺はドキリと心臓を飛び跳ねさせた。正直、ちょっと思っていた。チャイムを鳴らした人、宗教の勧誘だったりしないかなー、と。

しかし、この声は間違いなく……笠原のものだ。

「ちょっと灯里、いきなり抱き着かないでよ」

「メグ、メグーっ！」

「きゃっ、ちょっと灯里！　くすぐったい！」

玄関からは、笠原の嬉しそうな声と、そして、そのテンションを持て余しているような林の声が聞こえてくる。

「……あ、灯里。さすがにここだと、近所の目もあるから。とりあえず部屋に入ろう？」

「え？　……どうしよっかなー？」

「何さ、その態度」

「えー、別にー？　ただ、あたしすっごく心配してたんだけどなあ」

「だから、それはごめんって」

「謝るんだ。じゃあメグは、あたしに悪いことしたと思っているんだね？」

「……そうだね」

「悪いことしたと思うなら、ちょっとくらいあたしの我《わ》が儘《まま》を聞いてくれるよね？」

……他人の家の玄関で、あいつら何してんの？

「……何が望み？」

「……抱き締めて」

「人んちの玄関先でやめてもらえますっ⁉」

お熱い雰囲気を醸《かも》し出す玄関に向けて、俺は思わず叫んだ。

しまった。つい無意識に……。本当は俺も、穏便に事を進めたかったのに……。

するとイチャコラした会話が繰り広げられていた玄関先が、途端に静かになった。まあ、二人だけの世界だと思っていたら、一人空気を読まないお邪魔虫がいたとなればこうなるか。

まもなく聞こえてきたのは、靴を脱ぐ音。

「こんにちは、山本君」

ほどなくリビングに現れた笠原は、さっきまでの自《みずか》らの大騒ぎなどなかったかのように、あっけらかんと俺に言った。

「……ああ」

「もうっ」

笠原は頬を膨《ふく》らませた。

「な、なんだよ」

「『ああ』は、挨拶《あいさつ》じゃないよね？」

「……こんにちは」

「うんっ」

快活な笑み。ふんわりとした印象を与える癖《くせ》に、有無を言わせぬその態度。

俺は、笠原から視線を逸《そ》らした。目を合わせていると、彼女のペースに呑まれそうになる。

笠原から視線を逸らした先で、林と目が合った。

「なんだ？」

「……別に」

今度は林が俺から視線を逸らす番だった。

「麦茶でいい？」

林が言った。

「あ、お構いなく」

「お構うから。その辺に座ってて」

「うん」

林の指示で、笠原が小さなテーブルの前に腰を下ろした。

俺と笠原の間に、会話はなかった。

……こういう時、所謂《いわゆる》陽キャ同士ならそつなく会話を楽しめたりするのだろうか。

だけど残念。

笠原は陽キャだろうが、俺は陰キャ。プラスかけるマイナスはマイナスなのだ。

「山本君、相変わらずだね」

笠原は苦笑していた。

「何がだよ」

「今、心の中で何か自己完結したでしょ」

「……別に？」

「嘘。顔に出てたよ？」

……俺は無言を貫《つらぬ》くことにした。

「お待たせ」

林が麦茶を持ってきた。

「あとは俺がやる」

俺は麦茶を注いだコップを奪おうとするが、

「大丈夫」

林に制された。

コップ三つが、小さなテーブルの上に置かれて、林が腰を下ろした。

「改めてお久しぶり、メグ」

「うん。久しぶり。悪かったね、心配かけて」

ふと、林は気づいたらしい。

「山本とは久しぶりじゃないの？」

「うん。ほら、あたしたち同じ大学じゃない？　この前、ちょっとお話ししたんだよね」

「おい、今は別にそのことはいいだろ」

……俺たちがこの前大学で話したことは、敢《あ》えて林に教えていなかった。

どうしてそうしたのかといえば、林の問題解決に向けて、俺が裏でいろいろ考えを練っていたという事実を、林に知られたくなかったから。

その辺、笠原であれば気づきそうなのに……余計なことを言いやがって。

「へえ、そうなんだ」

林の声は少し暗い。

「うん。最近、メグと会ってないかって聞いたの」

「そうなんだ」

「でも、会ってないって言われたよ。ほんの一週間前くらいなんだけどね？」

「……その時は、笠原とＤＶ男に繋がりがあるんじゃないかって、一瞬思っちゃったんだよ」

「そっか」

……なんか変な空気だな。

「……探してくれてたんだ。本当に、心配かけたね」

「本当だよ。いきなり連絡取れなくなるんだもん。あたし、毎日連絡してたんだよ？」

「そっか。ごめんね、スマホ壊されちゃってさ」

「うん。知ってる」

だからなんで知ってるんだよ。

引く俺に対して、女子二人はあははと笑っていた。ここって笑いどころなの？

それから林は、自分の身に起きた話をした。黙って聞く笠原の顔から、先ほどまでの笑みが消えてしまう。これほどまでに大切に思っている親友の身に起きた壮絶な体験談に、笑うことなんて出来るはずもなかったのだろう。

「いやあ本当、山本にあの時会えてなかったらやばかったよ」

話の最後に、今ではすっかり乗り越えられたのか、若干《じゃっかん》冗談めかして林は笑った。

「うん。うん。……それは良かった。ありがとうね、山本君」

「いや、まあ……当たり前のことをしたまでだ」

「ううん。なかなか出来ることじゃないよ。偉いよ、山本君！」

俺は返事をしなかった。

「いやあ、でも本当、驚いたよ。ＤＶの話もそうだけど、その後まさか、山本君の部屋にメグが匿われてるだなんて、思いもしなかった」

「それも同じだ。こいつ、行くあてなかったからな。まあ、こいつはこんな狭い部屋に閉じ込められて嫌だっただろうが、状況が状況だったからな」

難しい顔で俺は言った。ふと、俺は隣にいた同居人からの訝《いぶか》しげな視線に気がついた。

「何だよ」

「別に」

林に視線の意味を尋ねたが、まともな答えは得られなかった。

「それでさ、一番気になるのは……もうメグは、ＤＶの被害に遭《あ》う危険性はないのかな？」

「ＤＶにはもう遭わないだろう。本人にあの男のもとに戻る意志がないからな」

「じゃあ……っ」

「ただ、林に暴力を振るった男が警察に捕まったわけじゃない。報復される恐れはあるかもしれない」

「……そっか」

笠原は俯《うつむ》いた。

「可哀想なメグ」

「ちょっと、あたしそんな弱い女じゃないけど？」

「でも、元恋人相手には殴られても大人しくしてたんでしょ？」

笠原の奴、痛いところを突くなあ。

ＤＶの被害がエスカレートするのは結局、被害者が加害者を増長させてしまったからという面もあるのだ。無論、ならば被害者にも過失があるかと言えばそういう話ではない。ただ、自衛のためにももっと最善を尽くすべきだった——評論家を気取って、そんな無責任なことを言ってくる連中も少なからずいる。笠原の今の言葉は、まさしくそれだった。

林は、わかりやすく落ち込んでいた。

「その辺でやめておけよ。笠原」

「うん。ごめんねメグ。揚げ足を取りたかったわけじゃないの」

「……なら、そんな酷いこと言わないでよ」

「でも、こうでも言わないとメグ、また同じ目に遭うかもしれないでしょ？　だってメグ、とっても優しいから」

……優しいか。

高校時代の林を知る何人が、林のことを優しいと評するだろう。

少なくともこうして再会を果たす前の俺は、林に優しいだなんて評価は下さなかった。

この辺の評価が、二人の関係がただの友人関係ではないことへの裏づけだな。

「……でも、正直に言っていい？」

「何？」

「あたし……あいつがあたしに報復行為に及ぶことはないと思うんだ」

「どうして？」

「だってあいつ……世間体《せけんてい》を人一倍気にするような奴だもん」

それが一体、どうして報復されないことに繋がるのか。

「だからあいつ、もう外に出れないと思うんだ」

「警察に追われているからか？」

俺は続けた。

「その考えは少し楽観的すぎると思うぞ。被害届は警察に受理してもらっていて、警察も奴のことは探してはくれている。ただ、警察がどこまで本気で血眼《ちまなこ》になって奴を探しているかは正直わからない。ＤＶ以上の凶悪事件は、今の時代、至る所でしょっちゅう起きている。そうなれば、どうしたってこの件の処理は後回しにされてしまうだろ？」

「そうじゃない」

「ん？」

「あの人の性格的に」

「……と、言うと？」

「さっきも言ったけど、あいつにとっては世間体が一番大事なの。他人の視線ばっかり気にしてる奴が、見つかったらゲームオーバーなこの状況で、のほほんと外に出れると思う？」

……それなら確かに、林の言っていることも一理あるかもしれない。

「……じゃあさ、実質メグはもう、自由に外を出歩けるってこと？」

笠原は嬉しそうに言った。

もともと、林も活発的な女子だったし、当人も自由に外を出歩けることを願っているに違いない。

ただ、俺から言わせれば……林が外に出るのはまだ時期尚早な気がする。

ほとぼりが冷めるまで、もう少し部屋でジッとしておくべきだと思う。

でも、具体的にいつまで鳴りを潜《ひそ》めていればいいのか、と問われれば……俺には明確な答えは出せない。

ここで答えを出せないってことはつまり……いつまでも林がこの部屋に引きこもっているべきだと言っているようなもの、か。

まあ正直、被害届を出してから今日までの間に、林は何度か外に出ているしなあ。

しかも、それらの外出では、一度も問題は起きていなかった。

……そうとなれば、こう判断を下す他ない。

「まあ、大丈夫じゃないかな……」

少し渋い声で、俺は言った。

途端、女子二人の顔がパーッと晴れた。

「やったね、メグ」

「うん……」

「ただし、当分は一人での外出は控えるべきだ」

ここが、せめてもの妥協案《だきょうあん》か。

「しばらくは、俺か、もしくは笠原同伴で外出するようにしよう」

「うん。わかった」

話にひと区切りついたタイミングで、緊張の糸でも切れたのか、林の腹が鳴った。

「お腹《なか》すいちゃったね」

頬を染める林に、笠原が言った。

「ご飯食べに行く？」

「……いい。作るよ」

「え、メグご飯作れるの？」

「バリバリ。とある男に鍛えられたから」

「なんかその男の人を、あんまりネタに出来ない雰囲気」

察しがいいな笠原。正解だ。

「じゃあ、食べたいかな」

「……あーでも、冷蔵庫の中、ほぼ空《から》だった」

「じゃあ、買い物行こうよ」

「そうしようか」

「男手がいるだろう、俺も行くよ」

立ち上がった女子二人に続き、俺も腰を上げた。

その時、俺はまた林から訝しげな視線を向けられた。

「何だよ」

「……別に」

プイッと林は、俺から視線を逸らした。何だか様子のおかしい林に、俺は首を傾《かし》げたが、彼女がその理由を説明してくれる気配はない。

答えもわからぬまま、まもなく俺たちは買い出しのため、三人で部屋を出た。

◇◇◇

「ねえメグ。メグの得意料理ってなんなの？」

歩きながら口を開いたのは、この状況を楽しんでいるような笠原だった。

スーパーへ向かうまでの道すがら、俺は林たちの会話を背後から聞いていた。

一見すると、今の俺は彼女たちのストーカー。

二度見しても、間違いなくストーカー。

完全に詰んでる。

なんだろう。人を蚊帳《かや》の外に置いて、二人だけで盛り上がるのやめてもらっていいですか。

このままだと俺、警察に通報されちゃいますよ。

「得意料理かー。そうだなあ。……かぼちゃの煮物」

「へえ、そうなんだ。ちなみにあたしの好物覚えてる？」

「佃煮《つくだに》」

「うん。今度あーんして食べさせてね」

普通に考えたら、笠原のこんな願い出、林は断るだろう。

彼女たちは親友ではあるが、恋人ではない。お熱い仲でもない二人が、あーんでご飯を食べさせ合っている現場を目撃したら、俺は引く。

「わかった」

引いた。完全にドン引きです。

何なの？　最近の女の子同士の友達って、あーんでご飯を食べさせるのは普通なの？　それがエモいのか？

ていうかこいつらの好物、渋すぎだろ。

「ちなみに後ろの山本の好物はハンバーグだよ」

「へー、子供っぽいね」

「喧《やかま》しい」

ようやく会話に交じれた俺は苦り切った顔で言うが、二人は俺の言葉などそっちのけで、見つめ合って微笑んでいた。二人の顔は、何故か結構近かった。

「灯里、何だか顔赤いよ？」

「き、気のせいだよ」

「熱あったりするんじゃない？　大変、部屋に戻る？」

「とんでもない！　そんなこと、絶対イヤ！」

さっきから何なんだよこいつら。親友の距離感じゃねえよ。やっぱり闇が深いって……。

「お前たち、久しぶりの再会だからって浮かれすぎてない？」

「そんなことある？」

「えー？　全然そんなことないよ」

「でも、山本はこう言ってるよ？」

「メグ、あたしと山本君の言葉、どっちを信じるの？」

「うーん……」

林は少し考え込んでいた。

「じゃあ、浮かれてない」

「じゃあって何だよ」

笠原に選択を迫られた結果、きっぱりと俺からの疑念を一蹴《いっしゅう》した林は、いつもの彼女らしくなく、ひどくおどけてるように見えた。さり気なくドヤ顔を見せているところもたちが悪い。

笠原の意見に乗っかってるだけなのに、何でこんなに自信満々なんだろう……？

「……まあいいや。お前たちが楽しいなら」

これ以上は触れない方が良さそうだ。

「寛容だね、山本君。惚《ほ》れ直しちゃうよ」

笠原が浮かれた調子で言った。

「つまらんジョークだ」

無駄にドキドキする心臓の高鳴りを悟られないようにしながら、俺は笠原から目を逸した。

「そういえば、二人って通《かよ》っている大学一緒なのに、大学では全然話したりしないの？」

「言われてみれば、この前までは全然だったね。ねー」

「ああ、そうだな」

まあ、彼女と俺は専攻する科が違うから、なかなか会う機会に恵まれなかった面もあるが、かといって広いキャンパス内を歩いている最中に、彼女の姿を見かけたことがゼロだったかと問われれば、実は全然そんなことはない。

ただ俺は、意図的に彼女の存在をスルーしていた。

その理由はまあ、出来れば語りたくはない。

「……ふうん。そうなんだ」

高校時代の林なら、面白そうな話だと首を突っ込んで根掘り葉掘り聞いてきそうなものだったが、今回はそうはならなかった。その配慮が今はありがたい。

「ねえねえ、折角《せっかく》だし今日の昼は、たこ焼きパーティーでもしない？」

スーパーに着くや否《いな》やそんな提案をしたのは、笠原だった。

たこ焼きパーティー。

要約するとそれは、陽キャの者が親睦《しんぼく》を深めるためにする食事会の形をとったレクリエーションだ。

「俺はいいや」

「あたしもいいかなー」

「えー、なんでー？」

「ノリで変な流れになりそうだもん。食べ物で遊ぶのはどうかと思う」

珍しく林と意見が合った。

「大丈夫。遊ばないよ」

「前、いっちゃんとかとやった時、一番あんたがハジケてたじゃん」

「今回は大丈夫だよ」

「えー？」

「メグ、あたしを信じて」

「うーん」

林は腕を組んで悩む素振りを見せた。

「じゃあやろう」

「ちょろすぎだろ、お前」

「だって、灯里が信じてって言うから……」

「ただのイエスマンじゃん……」

友達に対する信頼が厚すぎだろ。いや、笠原相手だけなのか？　笠原相手だけならやっぱり闇深案件じゃん……。

「……たこ焼き器、ウチにはないぞ？」

多数決では負ける状況だが、断るための、もっともな理由があるため俺は言った。

「あー、機材買うほどでもない気分だね。じゃあ、やめよう」

「あ、じゃああたしウチから取ってくるよ。ここから近いし」

「いいの、ありがと」

林は手を叩いて続けた。

「じゃあ、あたしたち買い物しておくから、取ってきてもらえる？」

「……ねえ、それなら、たこ焼きパーティー、ウチでやる？」

「あー、それだ」

「いやどれだ」

思わず、俺は突っ込んだ。

「何さ」

「……いやさすがに、まずいだろ。男を部屋に上げるだなんて」

「……そうかな？」

「そうだろ」

言いながら、頭に過《よ》ぎる映像があった。

「……よく部屋に、男を上げてるのか？」

「え？」

笠原は、一瞬虚を衝《つ》かれた様子だった。

だけどすぐ、俺をからかうように微笑んだ。

「どうだと思う？」

思わず俺は黙った。

彼女は可愛らしい人だ。そんな女子が、大学生活で一人暮らしを初めて数ヶ月。未だに仲の良い異性の友達が出来ていないとは考えづらい。そもそも、たこ焼き器を持っている時点で、部屋に誰かを招いていることは間違いないわけで。

まあそんなことはともかく、俺が黙ってしまったのは、何だか笠原の私生活を詮索《せんさく》しているみたいな今の自分が、若干気持ち悪く思えたためだった。

「……くすっ」

笠原はそんな俺の様子を見て、妖艶《ようえん》に微笑んだ。

「上げてないよ。上げてるのは女友達だけ」

「……そっすか」

……また、からかわれてしまった。

さっきまで自分のことを気持ち悪いと思っていたのに、笠原の言葉を聞いて安堵《あんど》しているのは一体どうしてだろう。

「さっさと買い物済まそう」

俺は、ひどく気疲れしてそう提案した。

「そうだね。じゃあ、パーティーはウチで、ね？」

「勝手にしろ」

そんなやり取りをしつつ俺たちは買い物カゴを手に取って、スーパーの店内に入るのだった。

第三章　変化する女王様

高校一年生の時、あたしは二年生のテニス部のエース、関根《せきね》先輩に恋をしていた。

先輩はテニス部の中でも秀でた才能を持っていて、実績もあって、顔も中性的で整っていた。

そんな彼に、あたしは憧《あこが》れを抱き、いつしかその想いは恋に変わっていた。暇《ひま》さえあれば関根先輩のことを目で追っていた。例えば授業中、二年生の生徒が体育をしているようであれば、席が窓際《まどぎわ》だったこともあって、関根先輩はいないかと授業そっちのけで二年生の体育に見入っていた。

そんなあたしの想いは、周囲にも丸わかりだった。

「メグ、先輩に告白しちゃいなよ」

友達の石田《いしだ》さん……いっちゃんにそんなことを言われた回数は最早《もはや》数え切れない。

ただ、最初は別に、関根先輩に告白なんてするつもりはなかった。

振られるのが怖かった。築き上げた女王様という体面的にも、乙女心的にも。

ただ、あたしは見てしまったのだ。

「関根先輩、好きです」

とある女子が、関根先輩に告白している場面を。

格好いいと思った。自分の恋心を受け入れてもらえるかもわからないのに、必死に想いを伝える姿が。

そして、負けたくないとも感じた。名も知らない恋敵《こいがたき》に、対抗心を覚えたのだ。

それからすぐだった。関根先輩にこの想いを伝えようと考えを改めたのは。

あたしは考えた。

関根先輩に告白をするのに、何かいいチャンスはないだろうか、と。

「じゃあさじゃあさ、文化祭の後夜祭とかはどう?」

文化祭準備期間中に、あたしはいっちゃんから助言をもらった。

あたしの高校では、文化祭終わりに文化祭実行委員主催による後夜祭で、キャンプファイヤーが行われることになっていた。

楽しい楽しい文化祭の最後の大イベント。

友達曰《いわ》く、そのイベント中に異性に対して告白する生徒は、例年少なくないらしい。

思惑《おもわく》は恐らく、あたしと一緒。盛り上がった雰囲気の中で告白をして、ＯＫしてもらいやすくするとか、そんなところだろう。

正直、妙案だと思った。

確かにキャンプファイヤー中に告白をするのならば、相手も少しは雰囲気に流されるだろうし、告白に失敗しても、その場のノリということで済ませられるかもしれないと思ったのだ。

文化祭当日は、雲ひとつない晴天だった。

秋口に差し掛かっているにもかかわらず、少し汗ばむくらい暑い日で……その影響で確か、かき氷を売っていた三年二組が売り上げ部門で優勝をしていた。

後夜祭間近。学校の廊下で、あたしは何人かで歩く女子たちとすれ違った。

「今日の天気なら、後夜祭も出来そうだね」

「そうだね。去年は雨天中止だったもんね」

すれ違った少女たちが、楽しそうに話していた。

「今年は誰が誰に告白するかな」

……下世話な連中だと思った。

でも多分、あたしが後夜祭で告白しようと考えていなかったら……彼女たちと同じことを思っていただろうと、しばらくして気づいた。

文化祭の閉幕式を終えて、まもなく後夜祭の準備が始まる時間帯。

あたしは友達と一緒に、教室で後夜祭が始まるのを待った。

自席から、あたしはいつも通り校庭の様子を眺めていた。

すぐに違和感を覚えた。

しおりに記載された後夜祭の予定時刻はもうまもなくだというのに……校庭にはキャンプファイヤーに使う木材が一本も置かれていなかったのだ。

おかしいな、とぼんやりと思ったその時だった。

校内放送が流れた。

『文化祭実行委員会からの連絡です』

騒然としていた教室内の声が静まった。

皆が、スピーカーに視線を向けていた。

『今年の後夜祭は中止となります。繰り返します。今年の後夜祭は中止となります』

「は？」

まもなくあたしの声を掻き消すくらい、大きなどよめきが教室……いや、校内中から聞こえてきた。

突然の雨が降ったわけでもない。

天気予報で、これから雨が降ると告げられたわけでもない。

あまりにも唐突に。

あまりにも一方的に。

あたしは、関根先輩に告白するチャンスを奪われた。

「ちょっと山本！」

翌朝、あたしはあたしのクラスの文化祭実行委員に怒りをぶつけることにした。

高校三年間、あたしと山本は同じクラスだったが……一年生と三年生の時に、山本は文化祭の実行委員を務めていた。

思えばあの時が、あたしが覚えている限りでの、山本との初めてのまともな会話。

ただ、後夜祭の一件もあって、文化祭実行委員だった山本への印象は既《すで》に最悪だった。

前を歩いていた山本は、足を止めてゆっくりとあたしの方を振り返った。

「なんだ？」

「昨日！　なんで後夜祭中止になったのよ！」

「木材の発注漏《も》れだ」

一瞬、怒りが削《そ》がれるくらいあっさりと、山本はそう言い放った。

木材の発注漏れ。実に初歩的なミスだ。山本の発した言葉を理解しようとするうちに、あたしの内心では沸々とした怒りが込み上げてきていた。

「なんでそんな初歩的なミスをするのよ！」

廊下で山本を責め立てるあたしの声に、他のクラスメイト……更には隣、そのまた隣の生徒たちが集まってきた。

恐らくあの時、あたしたちのもとに集《つど》った生徒は皆、楽しみにしていた後夜祭を中止にされたことに、フラストレーションを覚えていたのだろう。

そんな状況で、タイムリーな話題を提供するあたしたち。

きっと皆、答えを求めていたはずだ。

どうしてそんなミスをしでかしたのか。

納得できる答えを欲《ほっ》していたはずだった。

「すまなかった」

山本は、答える代わりにそう言った。

自《みずか》らの非を認める、謝罪だった。

「謝って済む問題じゃないでしょ」

「……そうだな。すまなかった」

杜撰《ずさん》な運営をしておいて、結局謝罪の言葉を重ねるばかり。

謝罪をするくらいなら、最初からミスなんてするなと思った。

謝罪の言葉なんて要《い》らないから、あたしたちに後夜祭の時間を返せと言ってやりたかった。

勿論《もちろん》、無理なことはわかっている。

山本があたしたちから奪ったものが、もう取り返しがつかないことはわかっている。

だからあたしは、山本のことをいい加減な男だと思ったのだ。

そしてあたしは、いい加減な山本のことを嫌うようになった。

◇◇◇

スーパーで買い物をしながら、あたしは自分が山本のことを嫌うようになったきっかけを思い出していた。

どうして今、このタイミングでこんなことを思い出したりしたのだろう？

思えば、山本と再会してから今日まで、あたしはずっと自分のことばかりで精一杯だった。

山本と再会する前のあたしは、DVを受けて追い詰められていたり、そのせいで自暴自棄気味になったり……とにかく、心に余裕がなかった。

一番の親友の灯里と再会を果たして、昔みたいに楽しいお喋《しゃべ》りがたくさん出来て、気持ちが緩《ゆる》んで……ふと記憶が蘇《よみがえ》ってしまったのかもしれない。

そんなかつての出来事を思い返して、あたしは思った。

昔のあたしって、しょうもなかったんだなー、と。

あの時あたしは山本に、謝って済む問題じゃないと文句を言ったけれど……、本当に山本の犯した木材の発注漏れは、謝って済む問題じゃなかったんだろうか？

多分、そんなことは一切ない。

あの木材発注漏れ事件からまもなく三年経《た》つが……果たして、当時あの学校に在籍していた何人が、山本のミスを覚えているだろうか。

そのことに、未《いま》だに怒りを覚えているだろうか。

所詮《しょせん》、その程度のことだったんだ。

『失敗したって、人は死なない』

あたしは山本の台詞《せりふ》を思い出していた。

もしかしたらあれは、山本が文化祭の失敗の教訓から発した言葉だったのかもしれない。

やはり勿体無《もったいな》いことをしたと思った。

その程度のミスに目くじらを立てて、一方的に山本と距離を置いてしまったことに。

そして、申し訳ないことをしたと思った。

山本だって人間なんだから、それくらいのミスはしたって何もおかしくない。

それだけじゃない。

もし逆の立場だった時……あたしは、あの時の山本のように言い訳せずに謝ることが出来ただろうか？　潔《いさぎよ》く自分の非を認めて、頭を下げられただろうか？

そんなこと出来るはずがない。

あたしならむしろ……責任転嫁《てんか》くらいしそうなものだ。

文化祭実行委員は、山本以外にもたくさんいた。そいつらだって同罪だ、くらいのことはあたしなら言っていただろう。

それを言わなかったところが、山本の男気だろうか。

ただまあ、あの神経質モンスターの山本にしては、おっちょこちょいなミスだと思った。

だけど、そんなところも今なら笑って許してあげられそうだ。

山本という人間の一面として、受け入れることが出来そうだ。

この同棲を通じて、もっと山本のことを知りたい。

再会を果たしたコンビニで、あたしが山本に伝えたこと。

たった数日だけど、あたしは山本のいろんな姿を知ることが出来た。でも、まだまだたくさん、あたしには山本の知らない素顔があるんだなと思い知らされた気がした。

やっぱりあたしは、もっと山本のことを知りたい。

どうしてそう思ったのかはわからない。

でも、そう思ってしまったのだから仕方がない。

……ただ。

もう一度明確に、山本のことを知りたいと思ったからなのかもしれない。

「たこ焼きの中身、何入れようか？」

そして今の山本に対して、あたしは僅《わず》かな違和感を覚えてしまった。

「え、たこ焼きなんだから、たこを入れるんじゃないの？」

あたしの前を歩く山本と灯里。

「ちっちっちっ、甘いよ、山本君。最もポピュラーなたこ焼きの中身は、ソーセージだよ」

「それじゃソーセージ焼きじゃねえか」

仲睦《なかむつ》まじげに、楽しそうに会話を楽しむ二人。

……やっぱりそうだ。一体、いつからだろう?

多分……そう。

あたしに、灯里の連絡先を教えてくれたあたりから。

あの時から、山本の様子がおかしい。

ううん、違う……。様子がおかしい、というよりは……。

「ソーセージ焼きじゃないよ。たこ焼きだよ?」

「いつからたこ焼きの定義って、そんないい加減になったんだ?」

「山本君、多様性の時代だよ?」

「……まあ、そうなのか?」

……灯里に対する態度が妙に余所行《よそゆ》きだ。

いつもなら小姑《こじゅうとめ》のように重箱《じゅうばこ》の隅を突《つつ》くところで、一歩引く。

これではまるで……灯里のことを意識しているみたいではないか。異性として意識しているようではないか。

今の山本の姿は、気になる異性にダサいところを見せたくない男子のように見えた。

……そもそもおかしな話だったんだ。山本が、灯里の連絡先を知っていた時点で。

だって山本は、大学は勉強する場所とか言い訳して、友達一人碌《ろく》に作らないような男なんだよ？

そんな山本が……灯里の連絡先を知っている？

そんなのおかしいじゃん。

「本当にそうなのか？」

「もー。山本君。頭固い。ダイヤモンドよりも硬いよ」

「ダイヤモンドって意外と砕けやすいみたいだぞ？」

さっき、たこ焼きの具材で揉《も》めていたみたいだけど、山本は灯里の話をまだ信じていないのか、灯里が差し出したスマホの画面を凝視《ぎょうし》していた。

「そういうのがトレンドなんだなー……」

「そうだよ。ふふっ」

「何だよ」

「山本君ってさ、日頃は頭凝《こ》り固まっているけど、ネット記事見せるとすぐに納得するよね」

「ふっ。俺はエビデンスがあるものに弱いのさ」

山本は得意げに笑った。

「あはは。ちょっと何言っているのかわからないや」

本当に、普通に話をしている。

あたしと二人きりだと、山本はすぐに気まずそうな顔をするのに……。

灯里相手だと、そんな和《なご》やかな顔もするんだ。

「じゃあ、とりあえず片《かた》っ端《ぱし》から具材になりそうなものを買っていこうか」

「おう。じゃあ俺は、あっち見てくるから。お前らは向こうを頼む」

「え？」

灯里が制止するより早く、山本は離れていった。

しばらく灯里は唖然とした様子だったが、

「あはは。山本君は、相変わらずで困っちゃうね」

呆れた様子で、あたしに笑いかけてきた。

「……相変わらず？」

「うん。高校の時から、変わらないね」

……高校の時。

あたしが、なるべく山本と接しないようにしていた時期。

あたしが山本を嫌っていた時期。

……そうか。

あたしが山本を嫌っていた間に。

あたしが山本と距離を置いていた間に。

灯里は、山本と親睦《しんぼく》を深めていたんだ……。
ふと、あたしは内心に芽生えつつある感情に気がついた。
いけない。
この感情はいけない。
この感情は、抱いちゃいけない。
だって。
だって……っ。
灯里は、あたしの高校の時の一番の親友なんだもん。
山本には、たくさんの恩があるんだもん。
『失敗したって、人は死なない』
苦しい時。
『お前が決断しなけりゃ、全て意味がない』
自暴自棄だった時。
『あんただって一緒じゃねえか。あんただって彼女に何もしていないじゃないか』
一体、何度……。
たった数日であたしは、何度山本に救ってもらったんだろう。
……そうだよね。

こんな気持ちを抱いちゃいけない。

あたしが、山本と灯里にこんな気持ち……抱いちゃいけない。

むしろ。

むしろ……そう。

「ねえ灯里?」

「何、メグ?」

「灯里は山本のこと、どう思ってるの?」

むしろ、今度はあたしが、山本の助けにならないといけない。

山本は多分、灯里のことが好きだ。

異性として好きだ。

そんな山本の秘める想いに気づいた以上、あたしがするべきことはただ一つ。

山本があたしをサポートしてくれたように、今度はあたしが山本のサポートをするんだ。

あたしが、山本と灯里を繋ぐんだ。

あたしの質問に、灯里は最初、呆気《あっけ》に取られた顔をしていた。親友のこんな表情を見るのは、思えば初めてかもしれない。

灯里は、ふわふわした印象の子だけど、多分頭の中ではあたしでは到底考えが及ばないくらい、いろいろ考えている子だと思っていた。

だから、こんなに驚いた顔を見せるのも。こんなに口ごもった姿を目にするのも……今までなかった。

あたしと灯里が友達になったのは、高校二年の時。

一年生の時、あたしたちは別のクラスだった。初めて同じクラスになったのが、二年の頃だった。

それからはずっと……あたしたちは、一番の親友同士だった。

恋バナだって何度もした。

でも思えば、恋バナの度に灯里は、いつも答えをはぐらかしていた気がする。

こうして直接、特定の異性にどんな感情を抱いているのか尋《たず》ねたのも初めてかもしれない。

「……灯里？」

「え、ああ、ごめん……」

あたしの問いかけに、灯里は戸惑《とまど》っていた。

本当に、こんな灯里を見るのは、出会って初めてだった。

「……どうかした？」

「ううん。なんでもない」

嘘だ。嘘だよ……。

なんでもないなら、いつも通りにしてよ。

いつも通り、角が立たないように、ニコニコしながら言ってよ。

友達だと思ってるよ、って。

「……ちょっと面倒臭《くさ》い性格をしているよね」

灯里は言った。

「……まあ、そうだね」

確かに、山本は面倒臭い男だ。細かく、我《が》も強い。

あいつは掃除用具を買ったら絶対にレビューを書く。そして、絶対に星五つはつけない。レビューを書くだけで細かいと思うのに、星五つをつけたら企業が慢心するだなんて平然と言ってのけるのだから面倒臭さに年季が入っている。

一瞬、灯里が嫌な顔を見せるのもおかしくないくらい……とにかく細かくて面倒臭い男なんだ。

「でも、あんまり山本のこと、悪く言わないでほしいかな」

……余計な一言だったと、そう言った後にあたしは内心で後悔をした。

灯里の言っていることは正しいのに、ちょっと山本について辛口《からくち》の評価をされただけで苛立《いらだ》つだなんて……。

「ごめんね」

「……ううん」

気まずい空気が流れた。

灯里とこんな気まずくなるのはいつ振りだろう？

……もしかしたら、これも初めてかもしれない。

「メグ、あっちの方見てみようよ」

「うん」

灯里に手を引かれて、あたしはスーパー内を歩き出した。

変な空気にしてしまったけど、切り替えよう。

とにかく今は、こうして灯里と再会して、また遊べていることを楽しもう。灯里も気持ちは一緒みたいだし。

気を取り直したあたしの隣を、一人の女子が通り過ぎた。

ここはスーパー内。視線はどうしても、商品棚に並べてあるものに集中しがちだから、その女子に目を向けたのはほんの一瞬。

ただ一瞬ながら、あたしは眉をしかめていた。

今の女子、どこかで見たことがあるような？

気のせいだろうか？

「……え？」

背後から声がした。

振り返ることはしなかった。

女の人の声だけど、さっきの女子のものとは限らない。もしさっきの女子のものだとしても、あたしに対する言葉とは限らない。

テンポの速い足音が、徐々に近づいてきた。

「あのっ！」

あたしは腕を掴まれた。

痛みはなかった。

ただ、驚いた。

前兆はあったとはいえ、こんな場所で誰かに呼び止められるだなんて思ってもいなかったから。

「……あの」

「どちら様？」

灯里が発した声は、明らかに警戒心を孕《はら》んでいた。

「林さん？」

あたしの腕を掴んだ女子は、茶色の長い髪で、耳にはピアスをしていて、遊びを覚え始めた大学生、という格好をしていた。

あたしの名前を知っているということは、あたしとどこかで接点があった人物なのだろう。

確かにさっき、あたしも彼女に見覚えがあった気がしたくらいだ。

でも、どこで会ったんだろう？

もし高校だったら、きっと灯里にも声をかけたはず。

中学以前……？

いや、ここは東京で、あたしが今東京にいる理由も考えれば……どちらかといえば、大学関係の知人という可能性の方が高そうだ。

こんな子、知り合いにいたっけ？

「あたしだよ、あたし」

嬉々《きき》として、女子は微笑んだ。

「同じ科だった、宮内《みやうち》だよぉ！」

宮内……。

その名前には確かに覚えがある。

その名前を名乗っていた女子の顔も覚えている。

あたしは脳内で、目の前の女子と、大学在学時に知り合いだった宮内さんの顔を重ねた。

「ええ!?」

思わず、大きな声を出してしまった。

当時の宮内さんは黒のショートヘアだった。本人曰《いわ》く、高校の時はインターハイに出場出来

たくらいの短距離走の選手だったらしく……少なくとも、こんなにも派手めな格好はしていなかった。

「もー、あたし、すぐ気づいたよ？」

「あはは。ごめんごめん。宮内さん、変わりすぎだよ」

愛想笑いを浮かべながら、あたしは頭を掻いた。

灯里は、少し意外そうな顔であたしを見ていた。

言いたいことは少しわかった。高校時代のあたしは、こんなに媚《こ》びへつらうような態度を他者にすることはなかった。

高校時代のあたしの一番の理解者である灯里からしたら、今のあたしはまるで知らない人物に見えただろう。

「恋人とか出来たんだ」

あたしが決めつけると、宮内さんは笑った。

「あはは。そんなんじゃないよ。陸上辞《や》めた反動だよ」

そういえば大学で一緒に昼食を食べている時、話の流れで、宮内さんは高校時の部活の大変さを不幸自慢していた。厳しい環境から解放されて自由になると、気が抜けやすいと言うし、宮内さんも例に漏れなかったということだろうか。

正直、あんまり興味はなかった。

「まさか、林さんとこうして再会出来るだなんてね」

……う。

「どう？　彼氏さんとは上手《うま》くいってるの？」

「……あはは」

乾いた笑みをあたしは浮かべた。そういえばこの宮内さんも、あたしがあいつと知り合った合コンに参加してたのだ。

それだけで察してほしかったけど、屈託なく笑っている顔を見るに、そうはいかないらしかった。

「別れたよ」

仕方なく、あたしは素直に白状した。

「えっ」

「……いろいろあってね」

ただ、ＤＶを受けて、という話はしなかった。

宮内さんはまだ大学に通っているだろうし、大学の知り合いにあたしの近況が伝わることは避けたかった。

あたしとあいつが出会うきっかけを作った相手に、引け目を感じさせたくなかった、とかではない。

どちらかといえば、自尊心を守りたいみたいな……そんな感情だ。

「じゃあ林さん、今はアルバイトとかしてるってこと？」

ただ、既に自尊心もへったくれもない状況になってしまった。

男と同棲することを機に大学を辞めた奴が、その男と別れた、というのだから……当然の経緯《けい》ではあった。

「まあ、ね」

本当は高校時代同級生だった男の部屋に無償で住まわせてもらっているだけ、とは、当然言えなかった。

居《い》た堪《たま》らない気持ちが、あたしの内心に芽生え始めていた。

出来れば早く、この会話を打ち切りたかった。

灯里は、共通の友達ではないからか、あたしたちの会話に割って入るのを少し躊躇《ちゅうちょ》しているようだった。

こういう時、一番空気を読まずに場を乱してくれそうな男も知っているんだけど、生憎《あいにく》、山本の姿は近くに見当たらない。

……困ったな。

「実はね、あたし、後悔してたんだ」

この会話を早く打ち切りたいあたしを余所に、宮内さんは俯《うつむ》いていた。

「何を?」

「林さんとのことを」

……何かを後悔されるような深い関係じゃなかったでしょ、あたしたちは。

言いかけたけどやめた。

無駄に彼女を傷つける必要もない。

「……あたしたち、もう少し一緒にいれれば、きっともっと仲良くなれたと思うんだ」

「そうかな」

「そうだよ」

宮内さんは断言してきた。

「……だから、後悔したんだ。なんであの時、林さんが大学を辞めるって知った時、止めなかったんだろうって」

その発言に対し、あたしは少し疑問を感じた。

……そもそも、宮内さんに大学を辞めるべきじゃない、と言われたとしても、あたしはその考えを改めなかったと思う。

理由は明白。

宮内さんとは、彼女の言葉があたしの行動を左右するほど、深く関係していたわけではなかったからだ。

だからやはり、後悔をされる謂《いわ》れなんてないと思った。

ただ、一瞬思い描いてしまった。

もしあの時、あたしが大学を辞めてなかったらどうなっていたのだろうか、と。

そうしたら……。

少なくとも、DVするようなあの男と同棲をすることはなかっただろう。

少し付き合いはしたかもだけど、そこで本性を知って、結局破局をしていただろう。

でも……。

もしあそこであたしが大学を辞めていなければ。

もし、あたしがあの時、宮内さんに大学を辞めるべきではないと言われて、それに従っていたら。

「ごめんね」

宮内さんは、あたしに謝った。

「やめてよ」

あたしは苦笑した。苦笑せずにはいられなかった。

彼女の行いに対して。

彼女の謝罪に対して……。

なんて不要な謝罪だろうって、思ってしまったのだ。

「ありがとう」
気づけばあたしは、そう言っていた。
一瞬、宮内さんの顔が歪《ゆが》んだのがわかった。
「ごめん。皮肉でお礼を言ったわけじゃないの」
ただ、思ったのだ。
あの時、あたしを止めないでくれてありがとう、と。
あいつと出会って、大学を辞めて、確かにあたしは一度全てを失った。
たくさんの辛《つら》い目に遭《あ》ったんだ。
でも、たくさんのいいこともあったのだ。
大学に残っていた場合と今。
どっちの方が幸せになれたか。
どっちの方が不幸だったのか。
それはわからない。
ただ、今……。

「あたしは今、幸せだよ？」

　あたしは笑った。

「だから、後悔なんてしないでよ。謝らないでよ」

「……林さん」

「それでもまだ……後ろめたく思うんなら、あたしとまた友達になってよ」

「でも……」

「知ってる？」

　誰かさんの顔が脳裏を過《よ》ぎった。

「人ってさ、生きている間に何度も何度も失敗を繰り返すもんなんだ。仕事なり、家事なり、後先考えず大学を中退したり」

　あたしは苦笑した。

「でも、どれだけ落ち込むくらい大きな失敗をしてもさ。人は死なないの。その程度のことなんだよ。あたしたちの犯した失敗なんて」

　宮内さんはあたしをまっすぐ見据えていた。

「だから、やり直せばいいの。それだけなんだよ」

　あたしは彼女に手を伸ばした。

　宮内さんは一瞬、あたしの手を握ることを躊躇《ためら》った。だけど、少し悩んだ末、あたしの手を握ってくれた。

「……林さん」

「何？」

「林さん、変わったね」

「そう？」

「うん。……前とは全然違う」

「そうかな？」

「そうだよ」

宮内さんは続けた。

「だって今は……さっき言っていた通り、本当に幸せそうだから」

「……そっか」

そんなに幸せそうだったか。

「連絡先、交換しようか」

宮内さんは微笑みながら提案してきた。

「あたし、この辺に住んでいるから。また連絡するよ」

そっか。宮内さん、この辺に住んでいるのか。大学から遠いのに大変だなあ。

「うん。わかった」

「今度、二人でどこか行こうよ。また友達になれた記念にさ」

「それは……ちょっと考えさせて？」

「えー、どうして？」

「ちょっとお金がね」

「あはは。そっか」

本当は、元恋人に逆恨みされ、報復を受ける恐れがあるから、あんまり少人数では行動出来ないの、とは言えなかった。

ただ、いつかきっと宮内さんには真実を伝えることが出来ると思う。

だって彼女は……あたしが大学を辞めたことを、自分の責任と感じて悔いていてくれたのだから。

そんな優しい彼女なら……いつかきっと、本当の友達になれるに違いない。

「それじゃあ、またね」

「うん。またね」

宮内さんは去っていった。

ふと思い出した。

そういえばあたしが大学を中退した時は、大学の友人たちには特に挨拶《あいさつ》もしなかったっけ。

さようならも言わぬまま……今日まで来ていたのか。

今日、またね、と言い合えたことは、少しくらい彼女の救いになっただろうか？

あたしなんかを心配してくれた彼女の心を癒《い》やす要素になっただろうか？

なっていてくれたら嬉しい。

もう後悔なんてしたくないから。

もう、後悔なんてさせたくないから。

「ねえ灯里？」

「何？」

「灯里は、あたしのこと友達だと思ってくれてる？」

「うん。親友だと思ってるよ」

「ありがとう。あたしも……」

あたしは顔を伏せた。

「ねえ灯里？」

「何？」

「灯里は、あたしに後悔してほしいと思う？」

「思うわけないじゃない」

灯里は、笑っていた。

「メグは？」

「……あたしも」

あたしは苦笑した。
「あたしも、後悔してほしくない」
友達に、後悔なんてしてほしくない。
……友達に。
宮内さんに。
灯里に。
そして……。
『でも、あんまり山本のこと、悪く言わないでほしいかな』
ああ、そうか。
今わかった。
どうしてさっき、灯里相手にムキになったのか。
灯里の率直な感想に、山本を貶《けな》されたように感じて、苛立ちを覚えたのか。
多分、あたしと山本は親友なんかではない。友達だとすら言えない。
もっとぎこちない。
もっと打算的。
だけど、大切。
大切な大切な関係。

彼は……。

山本は、あたしの大切な人だ。

そんな山本にも。

大切な山本にも……あたしは、後悔なんてしてほしくない。

「すまん、待たせたか」

山本が戻ってきた。手に持っている買い物カゴには、たくさんの食材。

「お前ら、全然何も選んでないじゃん」

山本はやれやれといった表情だ。

「ごめん。本当に偶然、バッタリ友達と再会したんだ」

「……友達と？」

「うん」

「……ふうん」

「逆に山本君は、めっちゃ買うんだね」

灯里は呆れ顔だった。

「これも、これも、これとかも面白そうって、目移りしてしまった。気づいたらカゴがこうなってた。いやあ、不思議なこともあるもんだ！　ガハハ！」

「……凝り性《こしょう》」

灯里は、冷たく言い放った。

「いいけど、食べ切れない分は山本君が処理するんだよ？」

「えっ!?」

「当然じゃん。あたしたち、か弱い女の子だよ？　食も細いの」

「……か弱い？」

「何？」

「……何でもないです」

しばらくあたしたちは、たこ焼きパーティーの具材を吟味《ぎんみ》し、山本が選びすぎた商品は棚に戻し、そしてレジへと向かった。

「ごめん。ちょっとトイレ行ってくるね」

レジの会計待ちの時、灯里は一旦、あたしたちから離れた。

「ねえ山本？」

「ん？」

「あんた、灯里のこと好きでしょ」

山本は、返事をしなかった。だけど、彼の発する空気が変わった。

……どうやら当たりらしい。

「山本」

あたしは続けた。

「あたし、全力でサポートするから。頑張ってよね」

さっきの灯里の発言から考えると、多分、山本は灯里にそこまで好かれていない。恋は相手に好かれないと成就《じょうじゅ》はしない。

だから、あたしが山本と灯里の仲を取り持つ役割を買って出ようと思った。

山本の想いが報《むく》われてほしいから。

そして、灯里に山本の良さを知ってほしいと思ったから。あたしを助けてくれた山本は、こんなにいい奴なんだぞって知ってほしかったから。

レジ待ちの列が前に進んだ。

あたしたちの前の人が、数歩前進をした。

しかし山本は、前方に生まれた一人分の隙間《すきま》を、なかなか埋めようとしなかった。

前に進もうか。

そう思った矢先だった。

「林」

山本が、ようやく口を開いたのは。

「ん?」

「あんまり、余計なことはしないでくれ」

囁《ささや》くような小さな声で、彼は言った。

余計なこと、か。山本からしたらあたしの気遣いは……迷惑、か。

ショックはなかった。

そう思われてもなんら不思議ではないと思っていたから。

「……ごめん」

あたしは山本に謝った。

「でも、絶対にイヤ」

あたしの台詞に、山本はまた静かになった。

第四章　暴走する女王様

CHAPTER4

前方を歩く林《はやし》と笠原《かさはら》を見ながら、俺は一人辟易《へきえき》とした気持ちでため息を吐《つ》いた。俺たちは今、たこ焼きパーティーをするために笠原の住むマンションに向かっているところだった。

思えば今日のように、友人宅でパーティーをするのは生まれて初めてだ。最初はほんの少しだけパーティーなるものを楽しみにしていたところもあったが、スーパーでの林の発言のせいで、今やその気持ちは一気に吹っ飛んだ。

正直、面倒臭《くさ》いことになったと思っている。

林の奴、頼んでもいないのに変な気を回しやがって……。

『あんた、灯里《あかり》のこと好きでしょ』

そんなに俺、笠原への感情を表に出していただろうか？

ほんと、面倒臭いことになったもんだ……。

まさか、林の姐御肌《あねごはだ》がここにきて俺に対して向けられるだなんて……。

林の奴、たこ焼きパーティー中に絶対何か仕掛けてくるだろ。

前方を歩く林に、俺は変なことはやめろ。変なことはやめろ、と視線で念を送った。

その念が通じたのか、林が俺の方を振り返った。

まさか目が合うとは。まあ、今は都合がいい。

俺は口パクで林に言った。

（変なことはやめろ）

林は訝《いぶか》しむような顔をした後、何か得心したようだった。

そして、笠原にばれないように、俺にグーサインを送った。

これは間違いない。

俺の願いは一切通じてない！

だって、スーパーでの林の申し出を無下《むげ》にする頼みをしているのに、こんなに屈託なく微笑むはずないもの。

い、いや、まだわからん。

さすがの林も理解してくれたのかもしれない。

そうだよな。

おい、そうだよな？

……ん？

林が、口をパクパク動かしている。

ん？

んんん〜〜？

そもそも俺の口パクが届いてねえ……。

林の奴、俺の口パクから何を任されたんだ……？

（ま・か・せ・て）

「着いたよ」

林の暴走を止める間もなく、笠原の部屋に到着してしまった。

笠原のマンションは、俺のアパートから歩いて三十分くらいの場所に位置していた。電車では、大体二駅分くらいか。

鉄筋コンクリートの、オートロックつきの物件だ。

「いいとこに住んでるんだなあ」

林とのすったもんだも忘れ、思わず、俺は感嘆《かんたん》の声を上げた。

「ウチの親が、オートロックのある場所にしなさいって。一緒に選んだの」

「へー、築何年くらいだ？」

「え、知らないよ？」

「そっかー」

築年数調べないもんなのかー、と思ったが、対女二人とのアウェイ感漂うこの場でそれを言うと変な空気になると思って、俺は適当な返事をした。

まあ、普通の女子はそんなことに関心ないか。

「ちゃんと築年数くらい調べた方がいいよ？」

思いがけず、そんな声を上げたのは林だった。

「えー、そう？　住《た》めれば良くない？」

「全然。築年数が経ってるだけで、結構部屋の家賃も変わるんだから。その代わり、古いほど、耐震性とかが不安になる。だから、この辺までだったら大丈夫かなってラインをちゃんと引いといた方がいいよ」

「メグ、詳しい！」

キラキラと、笠原は目を輝かせていた。

……高校の時から思っていたけど、笠原って基本的に、林の言葉は全肯定だよな。若干《じやつかん》宗教じみていて怖いくらいだ。

まあそれはともかく、林の発言も結構意外だ。彼女も築年数とか、全然無頓着《むとんちやく》そうなのに。

「だってウチの親、家賃代一銭も出してくれなかったんだもん！　一生懸命調べたよ」

懐《ふところ》事情が理由だったか……。

それなら納得。

……ただ、時折顔を覗《のぞ》かせる節約精神だったり、家事に積極的だったり。

「お前、マジでおかんだな」

「山本《やまもと》うっさい」

怒られた。

オートロックが解除され、エントランスを過ぎ、エレベーターへ。

「何階だ?」

俺はボタンの前に陣取って、笠原に尋《たず》ねた。

「二階」

ちなみに、マナー的な観点から言うと、エレベーターに乗る時の下座《しもざ》はボタンの前になるそうだ。

つまり、俺が立っているこの場所こそがそれにあたる。

これだとまるで、今エレベーターに乗る俺たち三人の中で、一番下の立場の人間は俺みたいになるが……その認識は間違いなく合っている。悲しい。

「ありがと、山本君」

笠原は扉の『開』ボタンを押している俺に礼を言った。

「ん」

そして林も謝意を示してくれた。

林の中で、「ん」とは、最大級のお礼に当たる。知らんけど。

「ここがあたしの部屋」

笠原が案内してくれた部屋は二階の角部屋。

「はい。上がって」

「ん」

「お邪魔します」

都内のオートロックつきマンション。

間取りは……１Ｋか。築年数は、俺の目算だと十年以内ほどか。

俺の部屋から三十分くらい歩いた結果、最寄《もよ》りの駅は、主要駅にも一本で出れる路線の駅だとわかった。

「月八万から九万くらい？」

「えっ、メグ、何でわかるの？」

俺も大体それくらいだと思った。

……女の子の一人暮らしは心配だから、オートロックつきの部屋に住まわせる、みたいな話は度々《たびたび》聞くが、それにしてもいい物件に住まわせてもらっているものだ。

「どうよ、山本」

林が突然、俺のわき腹を肘鉄《ひじてつ》してきた。

「灯里の実家、結構太そうだよ？」

林はニヤニヤしていた。これは、さっき俺に言ってきた……俺と笠原の関係をサポートするの一環だろうか？

……一番最初のアピールがそれ？

笠原の性格とかじゃなく、いの一番に褒《ほ》めるのが親の羽振りの良さ？

別にいいけども……親友なんだから、もっと褒めるレパートリーあっただろ。

心の中で突っ込みを入れていると、笠原からの視線に気がついた。

「何だよ」

「さっき言ったよね。男の子、この部屋にまだ上げたことなかったの」

「それが？」

「あたしの初めて、またもらっちゃったね。山本君」

「また変なこと言ってる……」

口では呆れた調子を保ちつつ、内心ではドキドキしているのだから、俺も簡単な男である。

ふと気づくと、笠原同様、林もニヤニヤしながら俺を見ていた。

……居心地悪い。帰りたい……。

「じゃあ、早速準備しようか！」

「オッケー」

帰りたいが、俺たちはたこ焼きパーティーをするためにここに来た。つまり、ここまでは前座で、本番はこれからなのだ。

……たこ焼き食べる前から、俺はもう胃もたれ気味だよ。

「灯里、キッチン借りるよ」

「あ、メグ、あたしもあたしも」

「何さ」

「下ごしらえするんでしょ？」

「手伝ってくれるの？」

「ううん。イチャイチャするの」

「えー、邪魔しない？」

「うん」

「それなら仕方がないなあ」

「やったーっ！」

下ごしらえ中のイチャイチャは邪魔に当たらないのか……？

「俺もそれ、手伝おうか？」

一応、一番立場の低い人間として尋ねておいた。

……一応、ね？

「山本君」

「何だ」

「あたしとメグの邪魔をしないで？」

笑顔でよくわからんこと言ってる……。

「じゃあ、たこ焼きプレートでも準備しておくか」

「あ、そうだね。そうしてもらえる？」

「どこにある？」

「確か……クローゼットの中かな」

「わかった」

俺は、笠原が指差した方にあるクローゼットを何の気なしに開けて、たちまち狼狽《ろうばい》した。

当然と言えば当然なのだが……クローゼットの中にはたくさんの衣類が入っていた。

笠原が身に纏《まと》ったことのある衣類の数々が収納されていたのだ。

別に、下着類を見たわけではないのに、思わずクローゼットを閉めてしまった。

なんだろう。この背徳感は。

考えないようにしていたのに、俺は思い知らされてしまった。ここが俺の部屋ではなく、笠原の住む部屋だということを。

冷静になってみると、笠原の部屋からは俺の部屋とは異なる匂いがした。柑橘系《かんきつけい》の香りだ。

いや、そういえば、笠原が隣を歩いていた時、ふわっと彼女からもこの香りがした気がする。

香水、だろうか？　……高校の時の笠原は、香水なんてしていたっけか。

林はバリバリしていた。

ただ笠原は……一応、校則でも禁止されてたし、柔軟剤の香りしかしなかった気がする。

なら、大学に入ったからつけだしたのか？　大学デビューってやつか？

俺の考察、キモい……。

「山本君、たこ焼きプレートあった？」

「……わからん」

「そりゃあ、開けてすらいないもんね」

笠原は呆れた様子だった。

「もーっ、しっかり探してよ」

誰のせいでこうなっていると思ってるんだ。

あ、こんなことでドギマギしている俺のせいか。

「山本君」

笠原の声のトーンが少し下がった。

「……なんだよ」

「あたし、山本君の策略には乗っからないよ？」

「……さ、策略？」

「たこ焼きプレートも碌《ろく》に見つけられないふうを装《よそお》って、メグも一緒に探させようって魂胆《こんたん》でしょ？」

「全然違うが？」

思った以上に変な誤解だった。

「あたし絶対、メグの隣は譲らないから」

「林に対する想いが重いんだよ」

本望だとでも言うように、笠原はふふんっと、したり顔になってキッチンへと戻った。

……まあ、本望なら仕方がない。そう思った俺は、渋々クローゼットの中を開けて、たこ焼きプレートの捜索を開始した。ものの数分で、ブツは見つかるのだった。

「笠原、あったぞ」

「良かったー。じゃあ、準備しておいてもらえる？」

「わかった」

たこ焼きプレートを箱から出して、リビングの真ん中に鎮座するテーブルの上に置いた。それから、コード類の接続をテキパキと済ますと、後は手持ち無沙汰《ぶさた》になってしまった。

「終わったぞ」

「本当？　さすが山本君、手際《てぎわ》いいね」

「まあ、山本だもんね」

凄《す》い！　俺を茶化すのも息ピッタリ！

「じゃあ、山本君はそこで待ってて」

「……えぇ」

女子の……それも、笠原が住む部屋のリビングで、ただ一人待っていろ、と？

なんておぞましいことを言うんだ、この女は。

ただでさえ居《い》た堪《たま》れない気持ちなのに、そんなこと言われたら俺、マジで帰るぞ？

「あと少しだから、待ってて」

「……早くしてくれよ」

笠原に宥《なだ》められた俺は、仕方なくスマホでも弄《いじ》って二人の支度が終わるのを待つことにした。

「お待たせ」

十分程度でたこ焼きの下準備も終わり、二人はリビングにやってきた。

「手伝わずにすまんな」

「ううん。むしろありがとう。ね！　メグ」

「え？」

「駄目だよメグ。お礼言わないと」

「……そうなの？」

「いや、別に言わなくてもいいんじゃないか？」

「そうだよね」

「メグ、あたしと山本君の言葉、どっちを取るの？」

林を見る笠原の眼差《まなざ》しが、やけに真剣だった。

「じゃあ……」

少し戸惑《とまど》いながら、林は頭を下げた。

「ありがと。山本」

「なあ、俺、このコントに付き合わないといけないの？」

笠原は大層嬉しそうだった。

「それにしても灯里、料理苦手だったんだね。手取り足取り教えちゃったよ」

「うふふ。そうなんだよぉ」

恍惚《こうこつ》の表情で、笠原が言った。

……お前、演じたな？

そこまでして林とイチャイチャしたかったのか。

最近会えていなかったみたいだし、養分を摂取したかったのか？

林からしか摂取出来ない養分でもあるのか？

「じゃあ、早速始めようか」

林の宣言で、俺たちのたこ焼きパーティーは始まった。

まあパーティーといっても、食べ物はたこ焼きだけ。飲み物は、俺たちは全員未成年のため、炭酸飲料かお茶。パーティーと呼ぶには些《いささ》か侘《わび》しい。

「あー、灯里、それあたしが育ててたチーズ！」

「うふふ。メグのチーズおいしい」

ただ、それでもこの二人がこれだけ楽しんでいる姿を見ると……パーティーの本質とは出された料理や飲み物の問題ではないんだなと思い知らされる。

美談風にまとめて、笠原の暴走ぶりをうやむやにしようとしたが、出来ているだろうか？

あと、たこ焼きって「育てる」ものなのか……？

「お前、ちょっとは自制出来ないの？」

「ムリ！」

「無理かー」

無理ならしょうがない……はずがない。

……と思ったが、笠原がハジケている分にはいいのかもしれない。脳裏に過ぎったのは、先程林に口パクで伝えられたこと。恐らく、林は今、笠原に押されながらもいろいろと画策《かくさく》していることだろう。

……俺と笠原を、くっつける術《すべ》を。お節介極まりない作戦をっ。

しかし、笠原がこうなっている間は、林も不自然すぎるから、妙な真似は出来ないはずだ。

……もしかしたら笠原も、林が薄々、俺たちの仲を取り持とうとしてくると察して、道化役を演じているのかもしれない……？

だとしたら……やれやれまったくぅ！

笠原の奴、とんだ策士だぜ！

「美味《おい》しい……。メグが育てた明太子《メンタイコ》、とっても美味しい」

……そういうわけじゃないみたいだぜ！

はぁ……。

林からかっさらった、たこ焼きの味を堪能《たんのう》する笠原を見て、俺は深いため息を吐いた。

「あ、きゅうり結構旨《うま》いな」

まあとにかく、笠原がはっちゃけている分には変なことが起きることはまずなさそうだ。なら、このまま好きにさせておこう。そうしよう。

一つの懸念《けねん》がなくなったら、腹が減ってきた。

俺は空腹を満たすべく、たこ焼きを食べることにした。具材は鮭《さけ》フレークだった。

笠原に言われて、いろんな食材をスーパーで調達してきたが、確かに、これはなかなかに面白い趣向だったかもしれない。

「ねえメグ、次は食べさせっこしない？」

「あ、灯里、ちょっと落ち着かない？」

「えー？」

「一応さ、この場には山本もいるわけじゃん？　ちょっと恥ずかしくない？」

「んー」

……まさか。

やめてくれよ？

笠原、これは林の策略だ。

お前を落ち着かせて、俺たちに変なことをさせるための策略なんだ。

「確かに、ちょっとハメを外しすぎたかもなぁ」

お、おいおいっ。

笠原、お前、頼む。マヂ頼むよ！

落ち着いて考えてくれ。落ち着くべきではないと落ち着いて考え直してくれ！

「やっぱり落ち着けないーー！」

サンキューー！

お前はやれば出来る奴だと思っていたぞ、笠原！

林は、あわあわと慌《あわ》てていた。

さすがの林も、どうやら今の笠原は制御できないらしい。

ふっ、甘かったな。林。

恥も外聞も捨てた今の笠原は、もう誰にも止められないぞ！

「じ、じゃあ折角《せっかく》ならさ！　罰ゲームにしようよ！」

林が提案してきた。

「罰ゲーム？」

「そう。じゃんけんしてさ、負けた方が勝った方にあーんで食べさせてあげるの」

「あーんで？」

「あーんで」

「いいね！」

笠原の奴、誘導に乗せられやすいなぁ……。

「うんうん！　そうだよね！　いいよね！」

……ま、二人で好きに楽しんでおけばいいさ。

俺は一人ゆっくり、育てていた福神漬け焼きを食べさせてもらおうかな。

「どうせなら、山本も入れようよ！」

割り箸《ばし》で摘《つ》まんでいた福神漬け焼きが、ポロッと箸から落ちた。

「山本君も？」

……林の奴、しょうもないことを実行に移してきやがった。

勘弁してくれよ。俺、こんなピンク色な雰囲気の二人に交じりたくないよ……。

「でも、山本君は嫌なんじゃない？」

「おう。死んでも嫌だな」

「死んでもは言いすぎじゃない？」

「確かに。死んでもは言いすぎた。ここから立ち去りたいくらいには嫌だな」

「なんでよ。うら若き女子二人のどっちかと、山本はあーんしたりされたり出来るんだよ？　むしろ一番得するじゃない」

「それは人によるだろ。俺みたいな硬派な男は、そういうの無理なんだよ」

「硬派じゃなくてチキンなだけじゃない」

ふっ、返す言葉がないぜ。

「でも、嫌がる人を交ぜるのはどうなの？」

「いいじゃない。だってこれはパーティーなんだから！　その場のノリ！　ノリだよ！」

相手にとって嫌なことをしたけど、その場のノリだから許しては、いじめっ子の発想なんだよなあ。

数日間一緒に暮らして、意外と林が他人の心情を慮《おもんぱか》れることは知っている。しかし、今の林にはその気が一切ない。こんな暴論を吐くあたり、どうやら内心では、笠原の暴走ぶりに目的達成の困難さを悟り、相当焦《あせ》っているようだ。

「でもなあ……」

「ああもうっ」

林が立ち上がった。

「やるの！　あたしが罰ゲームするって言ったらやるの！」

今にも地団駄を踏む勢いで、まるで駄々をこねる子供のように、林は言った。

俺は言葉を失《しか》った。

笠原然り。

林然り。

お前たち、キャラ崩壊が過ぎるんだよ……。

「もう好きにしろよ……」

肩を落として、俺は言った。

「いいの？」

「好きにしろって」

「やったー！」

林は喜び、今度は笠原に視線を向けた。

「……まあ、山本君がいいならいいけど」

不承不承《ふしょうぶしょう》といった感じで、笠原はそう言った。

「それじゃあ行くよ！」

「あー」

「うんー」

「なんで二人ともやる気ないの？」

そりゃあ、俺は単純に嫌だから。

……じゃあ、笠原は？

俺とあーんしたりされたりが嫌、とか？

……たた多分、純粋に林と二人きりでイチャイチャしたかったのに、邪魔者が加わったから興《きょう》を削《そ》がれたのだろう。

つまりそう、この場での俺は、笠原にとって異物ということだ！

「それじゃあ行くよ。最初はグー。じゃんけんポン！」

じゃんけんの結果……。

俺はグー。

林と笠原はチョキ。

「わーい。山本があーんされる側！」

「えー……」

「罰ゲームなんだから、受け入れないと駄目！」

じゃんけんで勝ったのになんで罰ゲームを受けないといかんのか。

「じゃあ行くよ、灯里」

「うん」

そして、敗者を決めるため、二人はじゃんけんを始めた。

結果は……。

林はチョキ。

笠原は、グー。

「メグの負けだ」

林は、目を丸くしていた。

まるで、自分が負けることなど、考えてもみなかったと言わんばかりだ。

まあ、じゃんけんなんて所詮運だし、林も自分自身がバツゲームをやることを想定していないなんてことはないか。

「嘘」

想定していなかったんかーい。

「ま、待って。待ってよ。これは何かの間違いよ」

「何の間違いなの?」

「それは……だってこんなの、ただの運じゃない!」

そういうゲームなんだよ。

「嘘。あたしがやるの？　このあたしが？」

「やるしかないね」

「……こんなはずじゃなかったのに」

林は呟《つぶや》いた。

「どんなつもりだったの？」

笠原が笑って尋《たず》ねた。

「それは……」

言いかけて、林は額《ひたい》からタラーッと汗を流して、笠原から目を逸《そ》らした。

「なんでもない」

「えー、なんでもないってことはないでしょ？」

うん。晴れて部外者になれたからか、笠原の奴、とてもいい笑顔だ。

俺的には、面倒臭いことになりそうだから、あんまり林を煽《あお》るのはやめていただきたい。

林は、相変わらず茫然自失の体《てい》だったが……唐突に、俺を睨んできた。

「山本、やるよ」

「お前が嫌なら、俺はやめた方がいいと思うけど？」

「駄目」

「なんで」

「だってこれ、罰ゲームだから」

チラリ、と俺は笠原に目配せをした。

「ふふっ」

笠原は、楽しそうに微笑みかけてきた。

止めるつもりは一切なし。

意地の悪い女だと思った。

「ほ、ほら、山本、口開けて」

「んあ」

「じゃあ、行くよ」

林がたこ焼きプレートから、たこ焼きを一つ箸で摘まんだ。

そういえばこの箸は、さっきまで林がたこ焼きを食べるために使っていた箸。つまり、これは間接キス。

……これでも俺は、年頃の男だ。間接キスを意識しないはずがない。だけど、意識しているとは思われたくなくて、必死に気づかないフリに努《つと》めた。

「やーん。間接キスだね。二人とも！」

笠原が言った。

ピクリ。林が一瞬、手を止めた。

どうやら林は気づいていなかったようだ。

結局この場で一番狼狽《ろうばい》しているの林だな……。

林は、箸を替えるか迷っているようだった。宙で箸を制止させたまま、なかなか動かなかった。

……まあ、違う箸に替えるだろう。

林も、俺と間接キスなんてしたくないだろうし。と思ったが、林は荒くれ者が運転する車を思わせる急発進で、箸を俺の方へ前進させてきた。

度肝《どぎも》を抜かれた。一体、どういう思考回路で再発進を選んだ？

あたし、別に間接キスとか気にしませんけどってこと？

こんな時ばっかり高校の時みたいな女王様マインドを発揮するのやめてもらえる？

お前は気づいてないかもしれないけど、今のところ誰も得してないからな⁉

「メグ！」

そんな猪突猛進《ちょとつもうしん》女王様な林を止めたのは笠原だった。

……助かった。そうだよなぁ。笠原、林のこと大好きだもんなぁ。こんなしょうもない男と林が間接キスをするだなんて、許せないよなぁ。

笠原は、微笑んでいた。

林と再会してから今まで、彼女はずっと微笑みっぱなしだ。

よほど、この状況が楽しいのだろうか。

それとも、本心を隠すため、笑顔という仮面をつけているだけなのだろうか？

「駄目じゃない。あーんって言いながら食べさせてあげないと。あーん。あーんって」

……どうやら前者らしい。

「……あ」

林の口は、わなわなと震えていた。

「あー……ん」

視線は一切俺に向けず、俺の口にたこ焼きを含ませた。

……いいように笠原の手のひらの上で転がされているな。

林も。

俺も……。

顔が熱かった。たこ焼きを噛むが、まるで味がしない。緊張すると、人は食べ物の味がわからなくなると言うが、どうやらそれは本当らしい。

ドキドキと高鳴る心臓が、うるさくて堪《たま》らない。

「……どう？」

林は尋ねてきた。

どう……と、言われても。

「たこみたいだ」

「今って、たこ入りたこ焼き作ってたっけ？」

……たこ焼きの具材が、ではない。

林の顔が……。伏し目がちに俯きながら、顔を真っ赤にさせている林の顔が、まるで茹《ゆ》でだこのようだと思ったのだ。

……ただ多分、俺もあまり人のことは言えないだろう。

「こ、このゲーム、もう終わりっ！」

言い出しっぺである林が罰ゲームの終了を宣言したため、このゲームは最初の一回きりで打ち切りとなった。

第五章　膨れる女王様

夜のコンビニバイトは、相変わらず客が立て込む気配もない。

商品の陳列や発注作業をほどほどのペースでこなして、今日のバイト時間が過ぎていく。

「山本《やまもと》君、お疲れ」

そう言って現れたのは、この支店の店長だ。

名前は……ここでのバイト面接時に一度だけ聞いた気がするが、思い出せない。思い出す必要もないと思っている。

人の名前を覚えるの、得意じゃないからしょうがないね。

「山本君、今日の仕事も大変だったね」

「あ、はい。そうですね」

そうでしたか？　と言いかけたが、俺は適当に相槌《あいづち》を打つことにした。

「僕も凄《すご》い大変だったよ。お前の支店の売り上げ低いぞって、本社に呼ばれちゃった」

「あ、だからいなかったんですね。今日」

た。

よく見たら店長、心なしかいつもより憔悴《しょうすい》しているな。何だか少し、彼のことを不憫《ふびん》に思った。

「うん。今、帰ってきたんだ」

ただ俺が店長に出来ることは大してない。せめて彼が勤務時間外に呼び出されないように、余計なトラブルをこの支店に呼び込まないことくらいか。

「山本君、今日はもう上がっちゃいなよ」

「え？　でもまだ、シフト終わりの時間にはなってないですけど」

「いいんだ。ほら、もうお客様、全然来る気配ないし」

確かに、俺のバイト先は、この時間になるとめっきり客足が遠のく。そのことは、数ケ月ここでバイトしてきた俺もよくよく承知していることだった。

「お給料を減らしたりはしないから」

「……でも」

「いいんだ」

店長は、暗い顔で俯《うつむ》いた。

「一人になりたいから……」

「……うわっ」

思わず声に出た。

店長は今日、本社に行っていたそうだが……どうやらこってり絞られたようだ。一体本社で何を言われてきたのだろうか？

夜間の客の入りが悪いこの立地に支店を置いたのは向こうなのに、なんでもっと夜間の売り上げを伸ばせないんだ。お前の気合いが足りないからだ、とか言われてきたのかな。

「そ、それじゃあ自分、今日はこれで失礼します」

店長が言われてきたことを想像しただけで悲しくなった俺は、彼の気持ちを汲《く》んで、部屋に帰ることにしたのだった。

手早く帰りの身支度を済ませて、俺はコンビニを後にした。

「いいなあ……」

自動ドアを潜《くぐ》るタイミングで、俺の背中に店長の声が刺さった。

「若いって、いいなあ」

……うん。聞かなかったことにしよう。

と、とにかくっ、予定よりも少しだけ早く帰ることが出来たぞ。

空いた時間は、勉強の時間にでも充《あ》てよう！　そろそろ期末テストも近いしな。

そして、それなりの就職先を見つけられるように頑張ろうっ！

少なくとも、コンビニの店長だけはやめておこう……。

悶々とした気持ちで夜道を歩いていると、部屋にはすぐにたどり着いた。

外から見て、部屋の中には明かりが灯《とも》っていた。
「ただ……いま」
しかし、玄関の扉を開けてみると、リビングの方から人の気配は感じない。
林《はやし》の奴、一体どこに行ったのだろうか？
心臓がドキリと跳ねた。嫌な予感が脳裏を過《よ》ぎった。
……まさか。まさか、見つかったのか……？
あの男に……林は見つかってしまったのか？
そんな最悪な展開を想像し、焦《あせ》ったその時だった。
「あづーい！」
脱衣所の扉が、内側から思い切り開かれたのは。
そしてその扉を開けた人物は……当然ながら、この部屋の同居人、林である。
ならば、林が脱衣所にいた理由は？
そして、発した言葉の意味は……？
視線を脱衣所の方へ向けて、俺は目を丸くした。
「きゃあああっ！」
林は叫んだ。
扉の開く音に反応して、思わずそちらの方を見てしまったことを、俺は後悔した。

濡れた髪。色白の太もも。そして、慌《あわ》てて両腕で隠した胸。

風呂上がりの体の熱をエアコンで冷まそうとでもしていたのか、林はパンツ一枚だけの状態で脱衣所から出てきていたのだ。

「すまん！」

謝罪しながら、俺は体を反転させた。

心臓はさっき以上に跳ね上がっていた。

「や、山本！　あんた、今日のバイト終わり、十時頃になるはずでしょ!?　な、なんで三十分も早く帰宅してくるのよ！」

取り乱した林が、ハッと息を呑んだのが背中越しにわかった。

……これはまさか。

「ま、まさかあんた、あたしがお風呂入っているのを覗《のぞ》くために……？」

やはり！

林が時折見せる、とんでもない被害妄想だ！

「違う。そんなわけあるか！」

「嘘……！」

「何を根拠にっ!?」

「だってあんたから前借りたタブレットに、いかがわしい動画たくさん入ってた！」

「頼む……っ。それは忘れてくれ……っ！」

俺は必死に懇願《こんがん》した。

ただ内心でこうも思った。お前、ここに居続けるためだとか何とか言って、俺に迫ってきたことが二度もあったじゃねえか。なんでお前から迫ってくるのはＯＫで、俺が不可抗力で裸を見るのはＮＧなんだよ！　と。

そもそも、俺の反射神経があまりに良すぎて、幸か不幸か、大切な部分は全然見れていないんだけど？

……と、とにかく、今回ばかりは俺にだって、れっきとした事情がある。

「待てよ。ちゃんとした理由はある。だから覗きというのは誤解だ。つまり俺は無罪だ！」

「……言ってみなさいよ」

「は？」

「そのちゃんとした理由、言ってみなさいよ。本当にちゃんとした理由なら、納得するから」

俺は、ホッと安堵《あんど》した。確信したのだ。許してもらえることを。だって今回は、本当に不慮の事故が重なった結果なのだから。

「……店長に言われたんだよ」

「何を」

「……給料はちゃんと払うから、今日は少し早めに上がっていいよって。一人にしてくれって」

ほら見たことか。俺の帰宅理由は、あまりにも真っ当だ。これでもう、今回の件は許してもらえることは確定的に明らかだ！

「……山本」

「何だ」

「あんたのバイト先、本当に大丈夫なの？」

林の言葉は核心を衝《つ》いていた。

「……多分、まあまあ大丈夫じゃないと思う」

主《おも》に、店長が。

「……まあ、とりあえずわかった」

どうにか林は、俺を許してくれる気になったらしい。一旦脱衣所の扉を閉めて、数分後に服を着て出てきた。

「あぢー」

そんなことを言いながら、林はリビングの、冷房が直接当たる涼しい位置に突っ立った。

「なあ、林？」

リビングで、林が脱衣所から出てくるのを待っていた俺は、口を開いた。

「ん？　何？」

「別に、先に食べていてもいいんだぞ？」

リビングの小さなテーブルには、ラップのかかった二人分の夕飯が並べられていた。

どうやら林は、夕飯を食べるのを、俺が帰ってくるまで待っていてくれたみたいだ。

それが申し訳なく感じられた。

「二人で食べた方が美味《おい》しいって、ずっと言ってるじゃん」

……こういうところに、林の頑固さが凝縮《ぎょうしゅく》されているような気がする。

何かというと林は、家主なんだからと言って俺を立ててくるが、こういう時は絶対、こちらの意見を聞かないのだ。

「それでもだ」

「……あんたって、本当頑固よね」

「ん?」

「毎日毎日同じこと聞いてさ。意固地だよ。本当」

……ただそれは、林から見た俺も同じようだ。そうとなれば、もう俺は黙っている他なかった。

「じゃあ、夕飯食べる?」

「それより……お前が着替えている間にスマホ、ずっと鳴りっ放しだったぞ」

俺はテーブルの片隅に置かれた、林のスマホを指差した。

ちょうど、そのタイミングで、再び林のスマホは震えた。

「誰だろ？」

「お前、一体どんだけ交友関係広いの」

「は？」

「普通、こんなにスマホ鳴りっ放しになることなんてないだろ」

「えー？　これくらい普通じゃない？」

「俺から見たら普通じゃないから言っているんだ」

「えー……？」

「……返信してから夕飯でいいんじゃないか？」

「んー。じゃあ、そうしよっか」

「あと、ちゃんと髪の毛乾かせよ」

「えー？」

「えー、じゃない。濡れた髪はすぐに乾かさないと、抜け毛が増えるぞ」

「んー……」

大層、面倒臭《くさ》そうな反応だ。そんなにドライヤー面倒か？　髪が長いからか？

……俺も髪を伸ばせば、今の林の気持ちもわかるだろうか。別にわかりたいわけでもないけども。

「あっ」

突然、林は妙案を思いついたかのように笑みを浮かべた。そして立ち上がって、パタパタと脱衣所へ向かった。まもなく彼女は、ドライヤーを手に戻ってきた。

「はい」

「はい？」

林は、俺にドライヤーを渡してきた。

「髪乾かして」

「髪乾かして？」

「うん」

「俺が？」

「うん」

「お前の髪を？」

「うんっ！」

林は、とびきりいい笑顔だった。

「え、やだ」

反面、俺は大層嫌そうな顔をした。

「だめ」

林は笑顔のまま言った。

「罰だから」

「何の？」

「あたしの裸を見たことの」

「……ふっ」

「何さ」

「お前の敗因は、俺の反射神経を侮《あなど》ったことだ」

「ん？」

「つまり、速攻でそっぽを向いたから、俺はお前の裸なんて全然見れてない！」

何を勝ち誇ったように宣言しているんだろう……？　と息巻いた後に思った。

「……そっか」

意外にも、林は物分りが良かった。

「そっか。そっかー。全然見られてなかったか。……そっかー」

……なんだろう。

「仕方ないよね。山本、何も見てないんだから」

良心の呵責《かしやく》を苛《さいな》んでくるの、やめてもらっていいですか？

「わかったよ」

俺はため息を吐《つ》いた。

「わかった。やる。やるよ。ドライヤーかければいいんだろ？」

「いいの？」

「仕方ないだろ。罰なんだから」

「へへっ、そうだね」

俺に背中を向けて、林は座った。

俺は近くのコンセントにプラグを差して、ドライヤーを起動した。

轟音を鳴らすドライヤーを林の髪に当てながら、手櫛《てぐし》も使って、俺は林の髪を乾かし始めた。

俺を召し使いのように扱っている林は、何だか上機嫌にスマホを弄《いじ》っていた。さっきの話の通り、友人から来たメッセージに返事をしているようだ。

「山本」

「ん？」

「何かあんた、髪の毛乾かすの上手《うま》くない？」

「上手い下手《へた》あるのか、これ？」

「あるよー。あるある。知らんけど」

俺に髪を乾かせて、自分はスマホを操作している林は言った。

「……うーん」

「何だよ」

「なんか女の子の扱いに慣れてるみたいで、キモいなって」

「ド直球の悪口だな」

「悪口なんて、そんなつもりじゃなかったの。思ったことがポロッと口から出ちゃったの」

「ポロッとだからって免罪符にならないからな？」

「免罪符なんかじゃないよ。言っているじゃない。悪口のつもりなんてさらさらないって」

「なるほど。お前は賢いなぁ」

あはは、と林は笑った。ここで笑うのも、なかなかに性格が悪い。

そんな林に言ってやりたい。

さすがの俺も、許せることと許せないことがあるからな？　俺だって、どうしても許せないことには怒るし、そうなったらそれなりに怖いんだからな？

……まあ、今のは全然許せることなんだけど。

怒る気にもまったくならないレベルだ。呆れてな。

「そういえばさ、山本ー」

「何だよ」

今日の林は、えらく饒舌《じょうぜつ》だった。

「あたしさー、さっきあんたと話してて思ったんだけどさー」

「……なんだ？」

「あんたってさー」

そろそろ林の髪も乾き終わろうかという、少し俺が気を抜いたタイミングだった。

「あんたってさ。もしかして、友達少ないんじゃなくて、いないんじゃないの？」

林が、今日一番、俺に対して酷《ひど》い発言をしてきたのは。

「おいおいおい、おいおいおいおいおい」

俺は苦笑した。

いやいやいやいや（笑）。そんなまさか……林さん？

「まー……そうだよな」

ぶっちゃけ、これまで、少しだったら友達がいるみたいに自己申告しておきながら申し訳ないが、俺も正直、林の言う通りだと思っていた。

もしかして俺、友達いないんじゃね？　と。

それを敢《あ》えて言わなかったのは、まさしく臭《くさ》いものに蓋《ふた》をするというやつだ。

「あはは。あっさり認めるんだ」

「まあな」

「あんたのことだから、はー？　友達の定義言ってみろよ。ん？　ん？　言えんの？　言えないのにお前、そんなこと言ってきたの？　はぁー？　とか理屈こねてくると思ってた！」

「お前の中の俺、とんだ煽《あお》り屋だな」

まあ確かに、俺はそれなりに煽り耐性がない。煽られたら煽り返すことくらいはするだろうが……さすがに林の言うほどの煽り屋ではない。そう信じている。

俺はドライヤーの電源を切った。

「終わったぞ」

「ありがとー」

俺はドライヤーを片付けようと、立ち上がった。

ちょうど林も、友達への連絡が一区切りついたようだ。

「ねえ、山本」

「んー？」

脱衣所にいる俺に、林の大声が届いた。

「あたしさ。いいこと思いついちゃったんだけど」

「嘘じゃん。絶対いいことじゃないよ、それ」

俺がリビングに戻ると、林は俺の目を見た。

「あんたに友達がいないこと、あたしから灯里《あかり》に相談してみるとかどう？」

「ほらやっぱり全然いいことじゃない。却下だ。却下！」

即座に一蹴《いっしゅう》すると、林はぷくーっと頬を膨《ふく》らませた。

「なんでよー？」

「逆になんで俺が了承すると思ったんだ？」

「だって、一石二鳥じゃない」

「失敗したらその一石、俺を打ち落とすんだけど？」

「一石一山本ってこと？」

「そう。そういうこと。やっぱりお前は賢いなぁ」

「そっかー。なら、水面下で考えとく」

「そうだな。俺の知らないところで、俺に実害が及ばぬよう、水面下で考えておいてくれ」

「うん。わかった！」

返事だけは気持ちいいんだよなあ。

……頑固なこいつのことだから、本当に水面下で行動を続けそうだ。

「じゃあ、夕飯食べよっか」

「おう」

「……山本」

「何だ？」

「あたし、出来ることは何でもやるから。だから、何でも言ってよ」

快活に、林は微笑んだ。

「灯里との関係のことでもいいし、友達が欲しいとかでもいい。困ったことがあったら、絶対頼ってね」

「……考えておく」

一瞬、林の申し出を断ろうと思った俺だが、曖昧《あいまい》な返事をするに留《とど》めた。

「一応言っておくが、まずは自分のことを最優先に考えろよ？」

「はーい」

機嫌のいい林は、ニシシと笑いながら返事をした。

◇◇◇

林と笠原《かさはら》が再会を果たして、一週間が過ぎた。

あれから林は、新たに契約したスマホを用いて、笠原や高校の時、林が一番ブイブイ言わせていた時代の友達と、密に連絡を取り合っていた。

そのおかげかはわからないが、最近の林は、以前と比較して毎日がとても楽しそうだ。

それに対し、俺は最近、あまり毎日が楽しくない……。

やっていることがテスト勉強ばかりなこともあるだろうが、一番は友達付き合いで悩んでいるから……というわけでも当然ない。

最近の俺の毎日が楽しくない理由。

それは、林に俺の趣味である掃除の時間を制限されたからだった。

思えば、この部屋で一人暮らしを始めてから、休みの日の俺は一日の大半を掃除に費やしてきた。そんな趣味兼生き甲斐を奪われた俺が、日々を楽しく過ごせるはずなんてなかった。

「なあ林、交渉したいんだが」

そろそろ夕飯の支度《したく》でもしようと立ち上がった林に、俺は声をかけた。

「交渉？」

「掃除についてだ」

「掃除？　今日はもう一時間掃除したじゃない」

「……そのことなんだけど」

俺は言いづらそうに、口を開いた。

「掃除の時間、もう少し増やさせてもらえない？」

なるべく機嫌を損《そこ》ねないように、俺は軽い口調で提案をした。

……なんか俺、小遣《こづか》いをねだる旦那みたいだな。

「駄目」

しかし、俺の願いは林に受け入れてもらえなかった。

「なんでだよぉ。頼むよぉ」

「……あんた、友達付き合いや色恋沙汰《ざた》には後ろ向きなのに、なんで掃除のことになるとそんなに前向きなの？」

そんなこと言われても仕方ないじゃないか。毎日が楽しくないのだから。

「他にすることないの？」

「あとは勉強くらいだ」

「じゃあ、友達とか作ったらどうなのよ」

「……友達作ったら、自分の時間が減るじゃないか。そんなの俺に、耐えられるはずがないだろ？」

「得意げに情けないこと言ってる自覚ある？」

ふっ。

林、そんなの愚問だぞ？

「まあまあある」

林はため息を吐いた。

そして、話はこれで終わりだと言いたげに、キッチンへ。

どうやら夕飯を作り始める気らしい。

……俺としては、まだ話は終わっていない。

ただ、ここで頑《かたく》なな態度を示すと、林の機嫌を一気に悪くする恐れがある。そうなれば最後、果てには掃除も全面禁止されかねない。

くっ。仕方ない。今回は見逃してやるか。

「あ」

ひとまず交渉を断念してテレビを見ようと思った俺の耳に、林の声が届いた。

聞いた感じ、失念していた何かに気づいた、そんな声だった。

「味噌がない」

どうやら、パックが空《から》になっていたことに気づかずにいたらしい。

この部屋に林を匿《かくま》った時のルールとして、ご飯の買い出しは俺がすることになっていた。件《くだん》のＤＶ男がどこをうろついているかもわからないからだ。

ただ料理は林に一任しているため、俺はすっかり冷蔵庫の中の食材事情に疎《うと》くなった。結果、食材の買い出しの際は、何を買ってくるか林から事前に教えてもらうようにしていた。

「珍しいな、お前がミスなんて」

「……ごめん」

「別にいいさ。ミスなんて誰にでもあることだろ？」

「でも……」

「俺だって、林から昼ご飯に呼ばれた後、さらに一時間掃除を続けるなんてミスをしたこともあるくらいだしな。普通のことだろ？」

「それはミスとは言わないから」

林の言葉を聞き流した俺の頭の中に、電流が走った。

「仕方ないな。そう。ミスなんて誰だってするんだから！」

ある悪知恵が、脳裏に浮かんだのだ。

「じゃあ俺、味噌買ってくるよ！」

その悪知恵とはこうだ。

今回の林のミスに乗じて、恩を売ろう……っ！　と。

「なんかいきなり元気良くない？」

林の声は冷たい。

「そうか？　俺はいつもこんな感じだろ！」

「それはない。あんたもっと自分のこと客観視しなさいよ」

「そうか？　でも、共同生活って助け合い。許し合いが大事って言うだろ!?」

「……まあ」

「だからさっ！　俺は！　こんなミスくらいだったら全然、怒らないぜ！」

「どう見ても裏がある……」

疑わしそうな林を放って、俺は手早く身支度を始めた。

どんな形であれ、ここで俺が味噌を買ってくれれば、林の性格的に借りに感じることは間違いない。故《ゆえ》に、林が何か気づく前に行動に移す必要があった。

「待った」

そんな俺を制したのは林だった。

「なんだ」

「あたしも行く」

「……え」

「だから、あたしも行く」

予想していなかった言葉だった。

一瞬、俺は黙った。

「あんたと一緒なら、外出してもいいんでしょ？」

「そうだ」

そういえば、そんなことを言った気もする。

「だから、あたしも行く。自分のミスだし、あたしも責任を負わないと」

「……で、でも、ここは作業を分担した方が効率的じゃないか？」

俺はしどろもどろになりながら、必死に頭を回転させていた。

何としてもここは、俺一人でスーパーに行かねばならない。

林に恩を売りつけないとならないのだっ！

「だったらあんたも、掃除をあたしに手伝わせてよ」

「お前何言ってんだ。絶対に嫌だ」

「じゃあ、掃除の効率化を図らないあんたが、他に効率なんて求めちゃ駄目なんじゃない？」

「確かにな」

目から鱗《うろこ》だった。

思わず俺は感心してしまった。

こりゃ一本取られた。完全に論破されてしまったよ。

「わかったよ。早く準備しろ」

俺は項垂《うなだ》れながら言った。

「うんっ」

林の声の調子が少し高くなった気がした。

「ちょっとだけ待っててねっ」

……もしかしたら林の奴、自分のミスを取り返すように見せながら、単純に外に出たかっただけなのでは？

林が最後に外に出たのは、笠原と遊んだ一週間前。あれ以来、律儀《りちぎ》にもあいつは、俺との約束を守り、一切の外出を控えていた。

一日中部屋に缶詰、というのも、精神的にはシンドイことだろう。

「お待たせ」

夜とはいえ、季節は夏。

林の格好は軽装だった。

ただ、部屋着とは違い、少しだけお洒落に見えた。

「よし。じゃあ、行くか」

「うんっ！」

外に出ると、熱気が俺たちに襲い掛かった。

今日の日中の気温は三十九度で酷暑日だった。

最近、四十度にも迫る気温の日がちょっと多すぎる。

今は陽《ひ》も傾いた時間帯なのに、外に出た瞬間、腕とか足にジワッと汗をかくのだから、文句の一つも言いたくなる。

「あっついねー」

「その割には楽しそうだな」

「そうかな？」

額《ひたい》に汗を滲《にじ》ませながら、林は笑っていた。

「……ふと、思ったんだよねぇ」

「何を」

「こうして二人きりで歩いているとさ、なんかデートみたいじゃない？」

ドキッとした。

隣を歩く林に慌てて顔を向けると、彼女は悪戯《いたずら》っ子みたいな悪い笑みを浮かべて、上目遣《うわめづか》いに俺を見ていた。

「あれあれ？　山本君」

「なんだよ……」

「もしかして、ドキッとしちゃった？」

「ああ。今日も暑いからな。熱中症とかかもしれない」

「あはは。言い訳が下手くそだ」

俺はため息を一つ吐いた。

友人との再会を果たして以降の林はちょっと元気が過ぎる。

まあ望んでいたことでもあるのだが……せめて、俺をからかうようなことはあまりしないでほしい。ドキドキするから。

当人に言うと余計過激化しそうだから絶対に言えないけど、挑発をやめろと思うのはお前のためでもあるんだからな？

一応、俺だって男なんだ。

そして、お前は女。

異性が二人きりで同棲をしている状況下において、相手を煽るような発言を繰り返したりしてたらどうなるかわかっているのだろうか？

間違いが起きて困るのは……俺なんだぞ？

この男女不平等の時代、異性を部屋に匿って間違いを起こしたとなれば、警察にしょっぴかれるのは間違いなく俺だ。だって、今は同意ありで関係を持ったとしても、後で実は嫌だったと言えばお金を毟《むし》り取れる時代なのだから。

異性を部屋に匿うのなら、必要なスキルは徹底したリスク回避と堅牢な自制心だろう。

そして、部屋に住まわせてもらっているのならば、林も不必要に俺を煽るべきではない。

はっきり言って、俺が必死に煩悩《ぼんのう》を殺しているから、今の俺たちの関係は成り立っているんだからな？

まったく、林は俺を破滅させたいのか？

……まあ、俺がヘタレであることを考慮しているからこそ、林もここまで挑発的な言動を繰り返せるのかもしれないが。

「まあ、デートは今度、灯里とやりなよ」

「うっさい」

そんなことをダべっているうちに、俺たちは最寄《もよ》りのスーパーにたどり着いた。

ポップな音楽が流れるスーパーの中は、俺たちが歩いてきた外と違って冷房が効いていて涼しかった。

「すずしー」

林が言った。釣られて俺も言いそうになったが、キャラではないから自重した。

「えーと、調味料。調味料コーナーは……」

俺は天井から吊るされた表示板を頼りに、早速味噌がある棚を目指そうと思った。

「えー、ちょっと山本」

そんな俺を咎《とが》める奴が一人。

「なんで、さっさと味噌を買って帰ろうとしているの？」

「味噌を買いに来たからだけど？」

え、違ったの？　だったら謝るけど……。

「折角《せっかく》だから、いろいろ見て回ろうよ」

「わっ」

林は俺の手を引いた。

「す、スーパー内を走るのは危ないぞ」

「あ、そうだね」

走りかけた林は、歩調を緩《ゆる》めた。

「まったく。子供じゃないんだから」

「あはは。ごめんごめん」

無邪気な林の態度を見ていると、文句の言葉も引っ込んだ。

まあ、時間はそれなりにあるし、林がスーパー内をいろいろ見て回りたいと言うのならそれもやぶさかではない。

「あんまり無駄遣いするなよ？」

「わかってるわかってる」

唯一、言うことがあるとすればそれくらいか。お互い、今は倹約しないとな。

といっても、購入する意欲に欠けると、スーパー内なんて、アトラクションパークと違って見て回るも何もないように思うのは気のせいか？

「あ、見て見て。マスカットだ」

「本当だなー」

「ニュースで供給過多になって値下がり傾向って言ってたけど、この前より安くなってるかも！」

「そうだなー」

ただ、意外や意外。俺たちは雑談を挟みながら、かれこれ三十分くらいスーパー内を見て回っていた。念のために俺が持っているカゴには、未《いま》だ商品はゼロ。完全な冷やかし客だ。

「あ、プロテイン、値段高《たか》っ。山本、あんた飲んだりする？」

「昔は飲んでたぞ」

「え、そうなの？」

「ああ」

林は呆気《あつけ》に取られていた。

「なんだ。意外か？」

「うん。めちゃくちゃ」

「高校の時にな。嵌《は》まったんだ」

「何に？」

「筋トレ」

「ぷっ。あはは！」

え、今の笑いどころ？　結構真面目《まじめ》に言ったつもりなんだけど……。

「ごめんごめん。あんたが筋トレとか、めっちゃ意外で」

「……これでも高校ん時は、めちゃくちゃ筋トレに嵌まってたんだぞ？」

「そうなの？　そういえば、高校のそばにジムとかあったよね。なんか懐《なつ》かしいなあ」

「おう。一時期通《かよ》ってたな」

「えっ！」

「……疑うなら、会員カード見るか？」

目を丸くしている林に、財布から取り出したカードを手渡した。林はしばらく、俺の顔とカードを交互に眺めた。

「何だよ」

「……本当に嵌まってたんだ」

「ああ。その頃は弁当を自分で作っててなあ。ＰＦＣバランスまで考えてメニューも決めてた」

「……あんたからＰＦＣバランスなんて言葉を聞くなんて」

林は何かを思い出したかのように続けた。

「けど、あんた前に、簡単な料理しか作れないって言ってなかったっけ？」

「今の時代、高タンパク、低脂質な食べ物は、コンビニでもどこでも買えるからな。少し値段は高くつくけども」

「なるほど。それを弁当に詰めてたんだ。キモ……」

「本当は、朝食。夕食もコントロールしたかったのだが、おかんと妹から大バッシングされた。面倒臭い、と」

俺が細かくて神経質な男であることは、林もよく知っているし、おかんと妹が俺に見せた嫌な顔は、林も想像に難《かた》くないだろう。

……ん？　というか、林のやつ、今、キモって言った？

筋トレの話をしたから、砂肝《すなぎも》でも食べたくなったのかな？

ハハハ。まったく林は……あとちょっとで俺、誹謗中傷《ひぼうちゅうしょう》に対する法的措置を取るところだったぞ？」

「へー、あんた妹いるんだ」

話が逸《そ》れた。

「おう。まあな」

「ふーん。それで、なんで筋トレやめたの？」

「……大学入学した当時は続けるつもりだったんだ。ただ、新しいジムを探しているうちに、一気に熱が冷めた」

俺は熱しやすく冷めやすい男だった。一度のめり込めば神経質になるくらい徹底的に凝《こ》りまくるが、冷めれば最後、継続はおろか興味関心すら一気に薄れてしまう。

「……まあ一瞬引いたけど。よくよく考えると、好きなものに全力で取り組んでたってことだもんね。普通に考えたら、女の子にモテそうなのに」

「まるで俺が女子にモテてないみたいな口振りだな」

「モテてたの？」

「……ふっ。林、俺は異性にモテたいから筋トレをしていたわけじゃあないんだぜ？」

「……そう。まあ頑張ってよ」

「一応言っておくが、話を掘り下げてきたのお前だからな？」

「あ、あはは｜。まあいつかあんたにも来るよ、モテ期」

「すぐには来ないと明言するな」

ま、まあ、別に来てほしいわけじゃないけどね？　異性にモテたいなんて、別に俺、思ってないし。本当だし……。

そんなしょうもない負け惜しみを脳内で展開していたら、背後から声が聞こえた。

「その男の人、誰？　林さん」

呼ばれたのは林。女の人の声だった。

「あっ、宮内《みやうち》さん！」

林が嬉しそうに相手の名前を呼んだ。

その名前には聞き覚えがあった。確か、この前笠原と一緒にここで会ったという、林の友人だ。

俺は背後を振り返った。林に微笑みかける女子には、やはり見覚えはなかった。

「紹介するね、宮内さん。この人は山本」

林は、宮内さんの問いに答えるように俺を紹介した。

「よろしくね、山本君」

「……ああ」

「それで、お二人はどんな関係なの？」

宮内さんは、林に尋ねた。

林は言いよどんでいた。まあ、ＤＶ男に暴力を振るわれて逃げ出した後、匿ってもらっている男です……なんて説明は、元女王様の彼女としてはしづらいだろう。

「友達だよ」

「……友達？」

俺が代わりに言うと、林は怪訝《けげん》そうな顔で俺を睨《にら》んだ。

そんな顔するなよ。仕方ないだろ。他にどんな説明があるんだよ。

「ふうん。そっか」

「そ、そうそう」

林は苦笑して誤魔化していた。俺も、宮内さんの視線が冷たく、居《い》た堪《たま》れない気持ちだった。

「ねえ林さん、来週の土曜日、暇《ひま》？」

人生って不思議だよなあ。

この前は定刻通りの帰宅でいいと思ってたのに、予定より早く帰れることになったり、今日みたいに早く帰らせてくれと思っていると、こうやって帰る時間が遅くなるんだもの。

「え、来週の土曜日？」

「うん！　大学の方さ、来週から夏休みなの。テスト期間も終わるし、一緒に夏祭りに行きたいなって」

「え？　……ええと」

……夏祭りのお誘い、か。

スマホを契約して以降の林は、友人と遊ぶことに非常に飢えていた。

これまで散々、悲惨な目に遭《あ》ってきた林の境遇を考えると、俺だって林がたくさんの友人と再会し、旧交を温めることは願ってもないことだった。

「ごめん。ちょっと厳しいかな」

「え、なんでだよ」

友人と再び遊べる日々を待ち望んでいた林が夏祭りへの誘いを断ったことが大層意外で、思わず口を挟んでしまった。

「……行けよ。夏祭りくらい」

「駄目だよ。お金ないし」

林は俯いた。

「夏祭りで使うお金なんてたかが知れてるだろ」

「でも……」

「折角友達と再会出来て、夏祭りに誘ってくれてるんだぞ？　絶対に行った方がいいだろ。思い出を作ってこいよ」

「……山本」

「ん？」

「あんたが言う？」

林の正論に、俺は目を逸らした。確かにな。さっきも俺は、友達なんか作ったら自分の時間が減るとか高言しちゃったもんな。そんな俺が、突然友達と一緒に遊びに行けよなんて言ったら、そりゃあそう突っ込みたくもなるか。

「でも、そうだね。確かに、折角なら夏祭り、行ってみようかな」

どうやって林を説得しようかと考えていたタイミングで、唐突に林は微笑んで言った。

「そ、そうだぞ。友達は大事にした方がいいぞ。うん」

「ぷっ。だからあんたが言う？」

微笑む林に、俺は苦笑を見せた。ごり押しになってしまったが、ともかく林が夏祭りへ行く気になったのなら良かった。

「ごめんね。宮内さん。変なところを見せて」

「う、ううん。全然」

宮内さんは戸惑《とまど》っているようだが、首を横に振って微笑んだ。

「あと、ごめん。やっぱり夏祭りに行こうかな」

「……うん。楽しもうね」

「場所はどうする？」

「調べておく。後で連絡するよ」

「ありがとう。よろしくね」

「それじゃあ、あたしはそろそろ行こうかな」

「え？　もう少しお話ししても……」

「いいよ」

チラリ、と宮内さんは俺の方へ目配せをした。

「彼氏さんと二人きりのところを邪魔したら悪いしね」

「なっ！」

「じゃあね！」

……最後にとんでもない爆弾を投下して、宮内さんは去っていった。

林はしばらく放心気味だった。かく言う俺も……この場が気まずくて仕方がなかった。宮内さんと接触したのは今日が初めてだが、早速誤解されてしまったようだ。

「……どう見ても恋人同士には見えないだろ、俺たち」

冷静を装って、呆れた口調で俺は言った。

「宮内さんって子も見る目がないな」

林は返事をしない。一体、何を考えているのか。少々怖い。何が怖いって、ここで彼女の機嫌を損《そこ》ねた場合に被害に遭うのは、主犯の宮内さんではなく俺ということだ。

こんな酷い話、他にあるか？

「……こ、今度会った時、ちゃんと訂正しておけよ？　俺たちは別に、恋人同士じゃないんだぞって」

「山本」

「……ひゃい」

「……そんなにムキになって否定しなくたっていいじゃん」

林は膨れていた。どうやら見事、林の機嫌を損ねたようだ。地雷を百発百中で踏み抜く俺、ちょっと優秀な地雷処理班すぎないか？

「悪かった」

「いいよ。別に」

別に、の部分の語気を強めて林が言った。

何で俺の発言でご機嫌斜めになるんだよ、と、内心で俺は思っていた。

だって林はこの前、俺と笠原をくっつけるだとか、余計なお節介を焼いていたんだぞ？　そんな奴が、俺たちが恋人同士だと誤解をされてるのを訂正しとくよう言っただけで、怒るだなんて思わないじゃないか。

「さっさと味噌買って帰ろ」

「おい、そんなに怒るなよ」

「怒ってないから」

「それ、怒っている奴の言い草だから」

「……ふんっ。夏祭りの日は暴飲暴食してやる」

「それはした方がいい。お前は少し痩《や》せすぎだ」

「人の体ジロジロ見ないでよ！」

「一緒に住んでたらいやでも目に入るだろ！」

「……それはそうだね！　ふんっ！」

林は怒ってそっぽを向いた。

……一体、何が林の逆鱗《げきりん》に触れたのだ？

林が何に怒り、何に納得し、何に喜ぶのか。林と一つ屋根の下で暮らし始めて数週間が経過したが……林の感情の基準は、未だに俺にはわかりそうもない。

ただ、まあ……どうやら悪いことをしたみたいだし、どっかで埋め合わせをしないとな。

第六章　浴衣が似合う女王様

CHAPTER6

今日は大学の前期最終日。前期の期末テストも佳境に入った状況で、俺は今期最終テストとなるフランス語のテストを受けていた。

フランス語のテストは、学年共通の選択科目という都合上、俺が所属する工学科以外の連中も試験会場となる講義室に集《つど》っていた。いつもの講義時間中は騒がしい連中も、さすがにテストともなると静かに問題に取り組んでいた。

「よし」

俺は呟《つぶや》いて、鉛筆を机に置いた。テスト時間を二十分残して、無事全部の問題を解き終えたのだ。三回見直し確認もしたし、間違いはないだろう。

一応、趣味が勉強であると自称する以上、しょうもない理由での減点は避けたい。なんだろう、勉強好きの自尊心ってやつか？

まあ、それをアピールする相手は、この大学にはいないんだけどもっ！

「はい。テスト終わりです」

それからしばらくしてチャイムが鳴った後、教授が言った。

さっきまでずっと静かだった学生たちは……ため息や、阿鼻叫喚《あびきょうかん》の声を上げていた。

……そんな声を上げるくらいなら、もっとちゃんと勉強しておけばいいのに。そんなことを思ったが、無論そのことを言い放つ相手が俺にはいない。

ともかく、これで一年生前期に俺がやるべきことは完遂《かんすい》。これで晴れて、心置きなく夏休みを迎えられるというわけだ。

無事に前期を終えられたからこそ、しみじみと俺は思った。上京してから今日まで、たった数ヶ月の話なのに、いろんなことがあったなあ、と。

もし友達の誰かに、一年前期で一番印象に残ったことは？　と聞かれたら、俺は迷わずこう答えるだろう。

マルチ商法の勧誘かな、と。

「でさー」

しょうもないことを考えていると、同じくフランス語のテストを受けていた笠原《かさはら》が、友達数人と前方の扉から講義室を出ようとする姿を目撃した。

ぼーっと笠原を見ていたら、俺の視線に気づいた笠原がこっちを見た。

何か言われるかも、と一瞬思ったが、笠原はそのまま友達と講義室を後にした。

少しだけ拍子《ひょうし》抜《ぬ》けした気分だった。ただ、また変なトラブルのタネを蒔《ま》かれるよりかは、絡《から》まないでいてくれた方が気が楽かとも思った。

そもそも、今の俺たちは顔が合っただけで声をかけに行くような間柄ではないのだから、笠原の態度は至極当然のものだった。

「帰るか」

気を取り直して、俺は部屋に帰ろうと立ち上がった。

まだテストが残っている連中を尻目に、午前中での帰宅となった。外は酷暑日ということもあって、少し歩くだけで背中に汗が伝うくらい暑い。だけど、こうして昼前に帰れる、というのは……なかなかどうして、新鮮で気分は悪くなかった。

ただ、アパートに帰る前に、今日は少しだけ寄りたいところがあった。

大学最寄《もよ》り駅にたどり着いた俺は、ホームに上がって電車を待った。遠くでセミが鳴く声を聞きながら、スマホを操作して待ち時間を過ごした。

電車がホームに滑り込んできた。降車する客の邪魔にならないように脇に寄って、降りる人がいなくなったところで電車に乗り込んだ。

電車の中は、クーラーが効いていて涼しかった。冷風のおかげで、背中の汗も少し引いた気がした。

二駅先で座席が空いたので、俺はそこに座ることにした。

電車に乗る前から変わらず、俺の手にはスマホが握られていた。ずっと探し物をしていた。

探していたのは……。

『女性　機嫌の直し方　贈り物』

この前、宮内《みやうち》さんと出会った日のこと。どうやら俺は、林《はやし》の機嫌を損《そこ》ねてしまったようだった。だから、何かを贈って機嫌を直してもらおうと思っていた。

まあ、あれから、林の俺への態度が冷たくなったとか、そういうわけではない。あの日以降も、林はいつも通りだ。しょうもないことで笑って、しょうもないことで怒って、しょうもないことで暇《ひま》を潰《つぶ》している。

だから、もしかしたら贈り物なんかする必要ないのかもしれないが……この辺は、一時でも相手の気を悪くしてしまったことへの、俺なりの謝意の証《あかし》だった。

ただ、今日になっても何を林に贈るかは決まっていなかった。そのうち妙案が浮かぶだろう。夏休みになるまでには決めよう。くらいに構えていたら、気づいたら夏休みになりかけていたという格好だ。

「駄目だ、決まらねえ！」

思わず声に出してしまった。

乗客の冷たい視線を集めた俺は、頭を下げつつ、縮こまりながらスマホをスワイプし続けた。

林への贈り物探しが難航している理由は簡単で、今日までの林の態度を見ていたら、あんまり高価なものを贈ると変に気を遣《つか》わせてしまうことが目に見えているからだ。

故に、ぼんやりと安価だけど相手に喜ばれるもの、という条件で贈り物を探しているが……相反している二つの条件に合致するような品には、未《いま》だ出合えていなかった。

くそ。面倒だな。なんで林の奴、いただき女子のように面《つら》の皮が厚くないんだよ……！

なんて、多方面に失礼なことを考えていると、電車は俺のアパートのある駅に着いた。

俺は電車を降りた。

「こうなったら、とりあえずデパートにでも寄るか……」

諦《あきら》めムードを漂わせつつ、改札を出て、駅から近いデパートに足を運んだ。

冷風に一息吐《つ》きつつ、何かないかなー、と店内を物色することにした。

ただ、意に適《かな》うようなものは見つからない気は正直していた。ネット記事や通販サイトで散々探してこれだというものがなかったのだ。ここでだって同じに違いないと思っていた。

「……お」

しかし意外にもデパートに入店して早々に、俺はあるものに目を引きつけられたのだった。

◇◇◇

「ただいま」

部屋に着くや否《いな》や、俺はふーっと大きめの息を吐いた。炎天下の中の帰宅は、歩くだけで体力を奪われた。

「おかえり」

林がパタパタとスリッパを鳴らして、俺を出迎えた。

「はい。お茶」

「ありがと……」

気が利《き》く林から手渡された緑茶を一気に飲み干し、俺はビールを飲んだ後の仕事帰りのサラリーマンのように、ぷはーっと盛大に息を吐いた。

「おっさんみたいだ」

「十九歳になんてこと言うんだ」

「ごめん」

素直に謝ってきた。なんて珍しい。これだけで泣きそう。

「肉体年齢は十九歳だったね。肉体年齢は」

「馬鹿言え。俺の肉体年齢は十七歳だ。体組成計的に」

まさかこんな形で実家から持ってきた体組成計が役に立つとはな。どうだ、参ったか！

「まあとりあえず、テスト お疲れ」

完全無視！

「……おう」

「大変だったね、テスト。単位取得出来ているか、とか、不安ある？」

「不安？」

「うん」

「ふっ。あると思うか？」

「キモ」

林はたった二文字で俺の心を的確に抉《えぐ》った。

「あんたって、謙遜《けんそん》しないよね」

「当然だ。何故なら俺は、自分がしてきたことに自信があるからな」

「……つまり？」

「謙遜とは、自分に自信がない時にすることだ」

林は黙っていた。

「本来、人は自分の成したことは他人に全部、包み隠さず伝えるべきだ。何故なら、人がやりとげた成果というのは、その人間の人となりを教えてくれるからだ」

「どういうこと？」

「お前は、テストの点数、ほどほどでいいと思って勉強に取り組んでいる奴が、高得点を取れると思うか？」

「え？」

「取れると思うか?」

「……取れるかもよ?」

「どうしてそう思う?」

「だって、テレビとかでよく見るよ?　天才中学生がどうの、とか」

「違うな」

「何がよ」

「そういう奴ってのは、テストでいい点を取るために勉強をしているわけじゃない。そもそもテストの点数なんて気にしていない。自分がしたいから勉強をしている。だから、テストはほどほどでなんて言ってても高得点が取れる」

　林は黙っていた。

「つまり、もともとの目的が違うんだ。そういう連中が高得点を取れているのは、自身の好きなことに対するおまけに過ぎない」

「はえー」

「つまりだ。テストの点数をほどほどでいいと思って勉強に取り組んでいる奴が、高得点を取ることなんてないんだ。断言出来る」

「なるほどー」

「だから俺は思うんだ。成果を見れば、その人間の人となりがわかるって」

「ふむ」

「だから、自分の成果を隠して謙遜する奴は、自信のない奴だと俺は思っている」

「……なるほどね」

「そうだ。だから俺は、謙遜をしない。自分に絶対の自信があるからな」

そう胸を張れるくらい、俺はこれまでに自分が成したことに自信を持っている。

勉強も。

掃除も。

その他のことだって。

俺は大抵のことで、失敗すればフィードバックし、成功すれば継続するように考えて行動してきたのだ。

「……なんだか本当、あんたは、人生二周目みたいな考え方してるね」

「一周目だけどな」

「わかってる。さぞ、たくさんの成功体験を送ってきたんでしょうね」

「馬鹿言え。失敗ばかりだ」

俺は即答した。

「人は結局、失敗からしか学べないんだよ」

「そうなの？」

「そうだ。後悔してからようやく、初めて、反省するんだよ。人ってのはさ」

林は俯《うつむ》いた。もしかしたら、彼女自身、身に沁《し》みていたことなのかもしれない。

「……ねえ、山本《やまもと》？」

「何だ？」

「思ったんだけどさ」

林はゆっくり、顔を上げた。

「じゃああんた、なんで友達いないの？」

林が繰り出したのは、正論パンチ。

「人の成果の形ってさ、何も勉強だけの話じゃないよね？」

「ふむ」

「それこそ、交友関係だって成果の一つじゃない？」

「そうか？」

「そうだよ」

「……そうだよね」

「なんであんた、友達いないのに、友達作れるようにフィードバックしないの？」

……ここまで、林の言っていること、全て正しいです。はい。

しかし、俺にだって、友達を作らない明確な理由が存在するっ！

「……わからんか？」

だから俺は、得意げに微笑んだ。

「メリットがないとか言わないでよ？」

……ふむ。

正解だ。

「だって、あんた、この前あたしにあんだけ友達と再会しろよって勧《すす》めてきたんだよ？　なけなしのお金をスマホ代に使わせたんだよ？　勿論《もちろん》、そんなこと言わないよね？」

「……ふむ」

「ね？」

……ふむ。

「当たり前じゃないか」

俺は言った。

「だよねー。良かった。山本がそんなこと言わない奴で」

心から安心したように、林は言った。

「じゃあ、教えて？　なんで？」

……どうしよう？

いやはや困った。そりゃそうだ。持ち合わせていた答えは林に封じられ、下手《へた》な見栄《みえ》で素直にその通りです、と言えないのだから。

……なんだろう。負けたみたいでムカつく。

ならばこの際、別の答えを探してみるか。

……どうして俺は、友達を作らないのだろう？

友達付き合いにメリットを感じたことがないというのは、本当の話だ。これでも小学生くらいまでの俺には、一応友達と呼べるような相手はいた。ただ、俺は他人と一緒にいる時間より、自分一人でいる時間の方が好きだった。

だから、一人でいた方が気楽だと感じるようになったんだ。

そう。一人でいた方が気楽だから、俺は友達を作らないのだ。

……だったら。どうして俺が一人でいた方が気楽だと感じるようになったのかを説明すればいいのだろう。

俺が一人でいた方が気楽な理由。

幼稚園の頃、一言多い悪癖《あくへき》で女の子を泣かせたことがあるから。

家でも、一人でほっとかれることが多かったから。

それだけじゃない。

「後悔したことがないからだろうな」

知り合いと。

教師と。

友と。

家族と。

俺はこれまで、いくつかの別れを経験してきた。別れを経《へ》て、悲しい気持ちになったことはない。後悔したことなんて、一度だってありはしない。

だから、思ったのだろう。

いつ失っても構わない。

三年後でも。

一年後でも。

明日でも。

……今でも。

後悔しないのだから、失っても構わない。失敗だとも思わない。

　だから俺は対策をしない。フィードバックもしない。それが成功だと思っている節《ふし》だってある。

……我ながら酷《ひど》い考え方だと思った。

「ねえ、山本?」

林の顔は、どこか寂しそうだった。

「じゃあさ、あんたは……あたしがここから去る日が来たら、どう思う？」
「お前が……？」
林が、ここから去る日……か。
考えたことがなかったわけではない。
むしろ、林をこの部屋に匿《かくま》った最初の日から。
俺たちの別れ。
林がこの部屋を去る日。
そんな日が俺たちにやってくることは間違いないと思っていた。
だって俺たちは、恋人ではない。友達ですらない。
それなのに、俺たちは同棲生活を続けている。
何度も思ったことだ。
俺たちの関係は、なんて歪《いびつ》なんだろう、と。
だから、俺は知っている。
俺たちに、いつか別れの日がやってくることを知っている。
そんな日を。
いつかやってくるそんな日を……今、想像し、俺は一体、何を思う……？
「……わからない」

俺は床に視線を落とした。
わからない。
わからなかった。
どれだけ考えても。
どれだけ頭を悩ませても。
碌な答えは、導けそうもない。
……こんな気持ちは、生まれて初めてだった。
複雑に絡み合い、解けそうもない、理解出来そうもないこんな感情は……。
「ただ……」
ただ、俺は思う。
「後悔はしたくない」
俺は知っている。
人は失敗からしか学べないことを知っている。
だから俺は対策する。失敗しないように対策する。
後悔しないように立ち回る。
「どうして？」
林は言った。

「あたしたち、別に友達でもないじゃない。むしろ高校の時は、酷い関係だった」

林は続けた。

「そんなあたしと別れられる日なんて……喜ぶもんじゃないの？」

「そうだな。最初はそんな気持ちもあった」

「……じゃあ、今はどうして変わったの？」

どうして、か。

すぐに浮かんだことがあった。

それは、この同棲生活を通じて。

たった数十日であっても生活を共にして。

俺が思ったこと。

最初は考えもしなかった、こんな気持ちを抱くことになるだなんて。

林をこの部屋に匿ってすぐは、この同棲生活を前途多難だとさえ思った。

だって林は、俺が外に出るなと言っても勝手に外出するし。

掃除の時間を制限してくるし。

笠原と一緒になって、俺をからかってくるし。

……転機はいつ頃だっただろうか。多分、結構早い段階だった。

わずか数週間前のことなのに、まるで遠い過去のように……もう、思い出せないくらい、それくらい昔の出来事のように感じた。
高校時代の俺に言ったら、鼻で笑われることは間違いない。
「お前が大切だからだろうな」
あの林を、こんなふうに思うようになるだなんて。
あれだけ苦手だったのに。
あれだけ、話したくないと思っていたのに。
「多分、もう俺は、お前のことを家族だと思っているんだ」
一つ屋根の下で暮らす俺たちなのだから、状況的には間違った考えではない。
ただ、俺が言いたいのはもっと精神的な面だった。
林が嬉しいなら俺も嬉しい。
林が悲しいなら俺も悲しい。
林が怒っているなら、俺も怒る。
互いの気持ちを共有して。
互いの想いを慮《おもんぱか》って。
林に対して、俺は家族に抱くような気持ちを抱くようになった。
「家族、か……」
林は面《おもて》を伏せた。

「思えばあたし、親には勘当されたんだもんね」

言葉とは裏腹に、俯いている林の顔は、どこか嬉しそうに見えた。

「じゃあ、今はあんたが、あたしの唯一の家族だ」

それも、いつかはきっと……。

ただ、今は……。

「林、渡したいものがある」

「何？」

俺は背負っていたリュックサックを床に下ろした。

チャックを開けて、中から紙袋を取り出す。

丁寧《ていねい》に折られた紙袋から出てきたのは……。

「浴衣《ゆかた》？」

俺から浴衣を手渡された林は、目を丸くしていた。

青色を基調にした、向日葵《ひまわり》の柄がちりばめられた綺麗な浴衣。これがさっき立ち寄ったデパートで見つけて、購入したものだった。

「どうしたの、これ」

「買った」

「えっ」

「買ったんだ」

俺は微笑んだ。

「それ、着ていけよ。明後日の夏祭りに」

微笑んだ俺とは対照的に、林はまた、俯いた。

「でも……」

「悪いだなんて思うな。むしろ、こっちこそ悪かった。相談もなく勝手に買ってきてさ」

俺は、まっすぐ林を見据えた。

「正直、わかってた。お前がそんな顔をすることは」

「なら……」

「わかった上で買った。俺の独善で買ったんだ」

「なんで？」

林の声が上擦《うわず》った。

「あたし、そこまであんたにしてもらうほど、何もしてないじゃない」

「何もしてないなんてことはないだろ」

「あるよ」

林は俯いたまま言った。

「全然、あたし……迷惑をかけてばかりじゃない」

「……迷惑をかけているのは、俺の方だろ」

「……」

「これはこの前のお詫びだ」

「……この前？」

「この前、俺はお前を怒らせただろう。スーパーで、宮内さんとやらと会った時のことだ」

「そんなこと……」

「昔から、俺は一言多い悪い癖があるからな。余計なことを言って、よく相手を傷つけてきた。そのことを申し訳なかったなと後になって思ったことも数知れなかった。だから、謝れる機会に恵まれた時にはキチンと謝ろうと思っていた」

嘘ではない。

これはトラブルメーカーとしてこれまで生きてきた、俺なりの処世術でもある。

「だから、受け取ってくれ」

「……でも」

「もし、無償で浴衣を受け取ることが後ろめたいなら、俺の願いを叶《かな》えてくれ」

「……願い？」

「ああ。願いだ。お前いつか言ったよな。してほしいこと、何でも言ってくれと。だから言わせてくれ」

俺は頷《うなず》いて、続けた。

「宮内さんとの夏祭り、忘れられない思い出にしてくれ」

「……」

「気の置けない友人と、イベントで時間を共有する。大人になるほど、出来なくなることだろ？　だから今のうちにじっくり味わってくれよ」

「……でも」

「それだけ叶えてくれるなら本望だ。俺は」

未だ逡巡《しゅんじゅん》している林に、俺は浴衣を手渡した。

ゆっくりと浴衣を受け取った林は……優しくそれを抱きしめた。

「ありがと。山本」

「……ああ」

「あたし、夏祭り、楽しむよ。絶対」

力強く、林は宣言した。

第七章　画策する女王様

CHAPTER7

夏祭り当日。時刻は午後四時半。

「山本《やまもと》ー、ちょっと手伝ってー」

浴衣《ゆかた》に着替えるために脱衣所にいる林《はやし》に、俺は呼ばれた。

林は当初、大胆にもリビングで着替えを始めようとしていたが、俺が顔を真っ赤にして制したおかげで、今に至っている。

一体どんな用事かはわからないが、とりあえず立ち上がって、脱衣所へ向かうことにした。

扉を開けようと思いドアノブに手をかけて、俺は止まった。

「お前、ちゃんと浴衣には着替え終わったんだよな？」

俺は尋《たず》ねた。

「は？」

「いいから答えろ」

「着替え終わってますー」

扉一枚隔《へだ》てて向こうにいる林が、呆れたように言ってきた。

こっちが気を遣《つか》って尋ねているのに、何故呆れられないといけないのか……？

あなたこの前、裸覗いた俺を糾弾してきたよね……？

こいつの怒りの基準がわからん。俺はため息を吐《つ》きながら、扉を開けた。

扉の向こうにいた林は……。

長い黒髪をポニーテールにし、手には浴衣にセットでついてきた巾着袋《きんちゃくぶくろ》。そして肝心の浴衣といえば……もともとスレンダーだった林にぴったりで、まあつまり、だ。

「ふふんっ」

林は胸を張った。

「……なんで胸張ってんの？」

「ふふんっ。言いたいこと、言っていいよ？」

……内心だけで留《とど》めようとしていた感想を白状するよう、林は強要してきた。

「お前、自分の容姿には絶対的な自信持ってるよな」

おかげで、一昨日《おととい》の謙遜《けんそん》の話の蒸し返しになった。

「ちっがーう！　そうじゃないでしょっ？」

しかし、俺の明後日《あさって》な返答は、当然ながら林の機嫌を損《そこ》ねた。

「……可愛いよ」

渋々、俺は言った。

「そうそれ！　それそれ！」

「喧《やかま》しい」

俺は林から目を逸《そ》らした。これは所謂《いわゆる》、照れ隠しだ。

「もっかい」

「……は？」

「もっかい！　いいでしょ別に。減るもんでもないし」

「……可愛い、です」

「……ふっ」

何だ、そのしたり顔。本当、こいつ……さっき言ったように、自分の容姿には絶対的な自信を持っているな。普段はことあるごとに、あたしには何もないとか言っている癖《くせ》に。

「はー。満足満足」

「で、俺なんで呼ばれたんだっけ？」

まさか、浴衣を褒《ほ》めろって目的で呼ばれたの？

「あ、そうだった」

林は、笑顔で俺にファンデーションを手渡してきた。

「ファンデーション塗って」

「なんで？」

「ほらあたし、大雑把《おおざっぱ》だからさ。よくムラとか出来るんだよね」

「そうじゃない。お前、もうファンデーション塗ってないか？」

林の顔はいつもと少し違う。基本、こいつは家で化粧はしていない。それでも十分美人なのだが、今日は三割増しくらいには綺麗に見えた。

女って本当、化粧でこんな見映《みば》えがよくなるんだなーと思うと同時に、もう化粧をしているとなると、林が言う、俺にファンデーションを塗らせることの意味がわからない。

「あー、違う違う」

林は顔の前で手を横に振った。……なんだろう。何か腹立つ。

「塗るのは、こっち」

林が指したのは、腕の痣《あざ》。この痣は、林がＤＶ男と同棲していた時に、奴につけられたものだ。俺の部屋に匿ってすぐの頃よりかは、少し薄くなりかけているように見えたが、場所によっては痛々しい痕《あと》がまだ残っていた。

最近では俺もその痣をちょっとは見慣れてきたが、ふとした拍子《ひょうし》にそれを目にして、思わず顔をしかめてしまう時もある。

そんな打撲痕《だぼくこん》に、ファンデーションを塗る？

「なんで？」

俺が尋ねると、

「痣隠し」

林は微笑んだ。

「あんたが適当に買ってきたファンデーションさ。濃い目のベージュだし、真っ昼間は厳しくても、夜道だったらこれ塗るだけで痣も目立たなくさせられると思うんだよね」

「おー、なるほど」

「そう。だから塗って」

「……えー」

目から鱗《うろこ》の発想だったが……それは別に、俺が林の腕にファンデーションを塗りたいということへは直結しない。故《ゆえ》に実に億劫《おっくう》そうな声が、口から漏《も》れた。

「だって、あんた、こういうみみっちい作業、得意でしょ？」

「ふっ。まあな。よくわかっているじゃないか」

「何そのドヤ顔。なんかむかつく」

確かに、こういうみみっち……細かい作業をやらせたら、俺の右に出る奴はいないだろう。何なら凝《こ》り性《しょう》なところもあるから、最終的には林の痣隠しのファンデーション塗りだったら任せとけ、とか言いだすかもしれない。

事実、この前やらせてもらった長い髪のドライヤーがけが意外と楽しく、今週は二回、風呂上がりの林の髪を乾かさせてもらったりしているくらいだ。本当、人って何に凝るかわからないよな！

「とりあえず、ファンデーションってどう塗るの？」

　まあどの道、この場はファンデーションを塗らないと解放してくれなさそうだし、物は試しとトライしてみることにした。

「ああ、ごめん。わからないか」

　数分間、林からファンデーション塗りの手ほどきを受けた俺は、それを塗るためのパフを手に取った。

　そして、俺が持つパフが林の肌に触れたまさにその瞬間だった。

「……あっ」

　林は喘《あえ》いだ。

「変な声出すな」

「ごめんごめん」

　エヘへ、と林は苦笑した。

　苦笑したところ悪いが、今の反応一つで、俺がファンデーション塗りに嵌《は》まる可能性は激減したぞ。だって、なんかその……エッッッ……扇情的《せんじょうてき》だし。

　煩悩《ぼんのう》を抑えながら、手早く、されど正確に……俺は林の痣の上にファンデーションを塗っていった。

「終わったぞ」

何とか作業を終わらせ、俺は安堵《あんど》のため息を吐いた。

「ありがとー」

林はお礼を口にして、腕を回してファンデーションを塗った後の痣を見ていた。

「あんた、本当、みみっちいこと得意だね」

「俺以外に言ったら、それ、悪口だからな？」

林は嬉しそうにスキップしながら、リビングに戻った。

俺は再びため息を吐いて、林から一歩遅れてリビングへ。リビングにある時計の針は、午後五時を示していた。昨日聞いた話だと、林は五時頃に部屋を出る予定になっていた。

「林、そろそろ出掛ける時間だぞ」

「はーい」

先程俺から手渡されたお金を巾着袋に仕舞いながら、林は楽しそうな声で返事をした。他に忘れ物はないか、林は巾着袋をゴソゴソと漁《あさ》っていた。

ピンポーン、と、部屋のチャイムが鳴った。

こんな時に、誰だろう？　ウチに誰か来ることなんてそうそうない。

何かの勧誘だろうか？　だったら、居留守でも使おうかな。でも、そろそろ林が家を出ないといけないしなあ。

「はいはーい」

「え」

考え込んでいる俺などお構いなしに、林は玄関へと向かった。まるで、訪問者が誰かを知っているみたいに、一切の躊躇《ちゅうちょ》のない行動だった。

もしかして、宮内《みやうち》さんが来たのだろうか？

いやでも、林と宮内さんの合流場所は、夏祭り会場の最寄《もよ》り駅のはず。一人で長距離移動させるのが不安だったから、合流場所を聞いて最初は俺も一緒に電車に乗るぞと提案したくらいだから間違いない。

……ただ、そうだとすれば一体、訪問者は誰なんだ？

「灯里《あかり》ー、久しぶり！」

「笠原《かさはら》っ⁉」

俺は素《す》っ頓狂《とんきょう》な声を上げた。

『あたし、全力でサポートするから。頑張ってよね』

確かにこの前、林は俺に向けて、俺と笠原の仲を取り持つようなことを言ってきた。たこ焼きパーティーの最中だって、機会を窺《うかが》って俺たちの仲を近づけようとしてきたくらいだ。

……ただまさか、こんな強引な手段に出るだなんてっ！

「……メグ、なんで浴衣？」

「あー、これ？　山本にもらったの」

「……え」

「ごめん灯里。あたし、今日灯里と遊ぶつもりだったんだけど……予定被《かぶ》っちゃった！」

「ええっ!?」

「だから、代わりに山本と遊んでて！　じゃっ！」

放心していた俺が立ち直り、玄関に向かう頃には……既《すで》に林は去った後だった。代わりに玄関で放心していたのは、わけがわからないといった顔の笠原だった。

「……山本君」

しばらくして、笠原が冷たい声で言った。

「……はい」

「説明して」

「……謀《はか》られたんだ。あいつのダブルブッキング、わざとだ。どうあってもあいつ、俺たち二人をくっつけるつもりらしい」

「そっちじゃない！」

グイッと、笠原が俺に詰め寄ってきたせいで、思わず俺は仰《の》け反《ぞ》った。危なかった。ぶつかるところだったぞ。

一瞬ドキッとしたが、笠原の形相《ぎょうそう》に俺は怯《ひる》んだ。

「なんで山本君がメグに浴衣を贈ってるのっ⁉」

「そっち……？」

「……あたしが」

笠原は、その場にくずおれた。

「あたしがメグに浴衣を贈りたかった……っ！」

「林に対して憤慨《ふんがい》する姿勢も見せるべきでは？」

……とりあえず、近所迷惑になるから、俺は玄関の扉を閉めた。

◇◇◇

同居人が出来てから、この部屋が静かだったことは滅多《めった》にない。だから、こんなにもはっきりと時計の針の音が聞こえる時間は久しくない。

昔から俺は、静かな場所が好きだった。実家でだって、親がいてテレビが映っているリビングより、集中したい時は自室に籠もったりしていたくらいだ。

……ただ、今はこんなに静かな空間から逃げ出したくてたまらない。

「そろそろ元気出せよ、笠原」

俺の同居人の林の親友である笠原は、いつも俺と林が一緒にご飯を食べる時に使用する、小さめのテーブルに突っ伏していた。寝ているわけではない。

多分、泣いている……と、までいくかはわからないが、落ち込んでいる。

何が彼女をこうさせたのか。理由はただ一つ。

「林には、後で文句を言っておくから」

まあ、林と遊ぶつもりで俺の部屋に来たのに、当の本人が別の人間と遊ぶために出かけてしまったら落ち込む、か。

「……おこがましい」

「え?」

「山本君がメグに文句を言うだなんて、おこがましい……っ!」

「あ、はい」

やっと口を開いた笠原は、何だかいつもと様子が違った。

……いや、林に執着する様を見ている限りは、平常運転か?

「なんにせよ、立ち直れたのなら良かった」

ただ、とりあえず俺から笠原に言いたいことがある。

「じゃあ、そろそろ帰ったらどうだ?」

部屋に、笠原と二人きり。この状況は、俺たちが望んで身を置いたものではない。暴走機関車な林により無理やり作られた状況だ。林の思惑《おもわく》は、こうして強引にでも俺たちが二人きりになるよう仕向けて、俺たちの仲を縮めることだ。ただ、どんなお膳立てをされようが、この後俺たちがどうするかは、俺たちの判断に委《ゆだ》ねられている。つまり、笠原が今すぐにここから立ち去れば、間違いが起こることはない。

笠原は一旦俺を睨《にら》み、また項垂《うなだ》れた。

「山本君は、あたしに帰ってほしいの？」

「ああ」

俺は頷《うなず》いた。

本音半分。冗談半分。

「……あたしは別に、しばらくここにいてもいいけど」

「……笠原？」

「ねえ、山本君」

少しだけ心臓が跳ねた気がした。不快感はなかった。時計の針の音が心地良かった。

「もう少し、ここにいてもいい？」

窓の外から、子供たちの騒がしい声が聞こえてくる。

まもなく、俺たちに夜がやってくる。

長い長い夜がやってくる。

ゴクリ、と俺は生唾《なまつば》を飲み込んだ。

「……笠原」

俺を見る笠原の瞳が、妙に情熱的な気がした。

「……本音は？」

「メグに山本君と遊んでよと言われた手前、帰りづらいよぉ……」

はーっと長いため息を吐いて、俺は笠原から数歩距離を取り、腰を下ろした。

目の前の女子に、いくつか言ってやりたいと思ったが……むしろ、ここまで林への想いを一貫させていると、文句も出てこない。何なら呆れて物も言えない。

だから、彼女の林への想いをとやかく言うのはやめようと思った。そうなれば俺から笠原に伝えるべきことは特にない。俺たちの間にこれから流れるのは、沈黙だけ。と思うかもしれないが、実はそんなことはない。

「なあ、この前から思ってたんだけどさ」

結構前から俺は、笠原に尋ねたいことがあった。

「俺、お前を怒らせるようなこと、何かしたか？」

……俺は、背筋を凍らせた。もし今、発言を引っ込めさせてもらえるというのなら、是非そうさせてもらいたいと思った。

ただ、気になってしまったのだから仕方がない。

俺と笠原との付き合いは長くもないし、密度だって濃くはない。いや、一般論で考えたらそうなだけで、俺基準で考えたら、家族の次くらいには、長いし濃い。

それくらい、高校時代の俺と笠原には親交があった。

いくら……空気が読めない。余計なことをすぐに言う。一言多い。我《が》が強い。うざい。などと他人から言われてきた俺でも、最近の笠原の俺への態度が、以前と違うことは理解出来た。

ただ、心当たりはなかった。

そもそも高校を卒業してから、笠原と接触する機会は著《いちじる》しく減った。故に、仮に怒らせるような出来事があったとしても見当がつかない。

ただ、このまま放置しとくのも気持ち悪いから尋ねたのだ。

その結果……笠原の顔から、表情が消えた。

ふわふわした見た目。あざとい口調。笠原は、男の庇護欲《ひごよく》をそそる女だと思っていた。

初対面の時から、一度としてその印象が変わったことはなかった。

ただ今……俺は初めて、笠原という女の裏の顔を垣間見《かいまみ》たのかもしれない。

「……知りたい？」

「今この瞬間、怖くなったから知りたくない」

俺は笠原から逃げることにした。ハイライトの消えた笠原の目からの視線が、頬辺りにチクチクと突き刺さっていた。

「……どうして言ってくれなかったの？」

笠原は静かに言った。知りたくない意思は伝えたが、笠原のブレーキはもう効かないらしい。

……一体、何を？

「あたし、言ったよね」

「……何を？」

「メグの行方《ゆくえ》を知らないかって。あたし、山本君に聞いたよね？」

「……ああ」

俺から情けない声が漏《も》れた。笠原が言っているのは、以前も話に出た……学食での会話のことだった。

「この前も言ったろ。あの時は、お前と林の元恋人が繋がっているんじゃなかって思っちゃったんだよ。お前の交友関係が広くなければ、そんな心配もせずにさっさと話してた」

「言い逃れするの？　山本君」

「……なんでよ」

「言い逃れっていうか……後でキチンと話すつもりだったんだよ」

「……何がだ」

「いつもの君なら、すぐに気づきそうなものじゃない」

笠原の目には、薄っすらと涙が浮かんでいた。

「あたしがメグを探しているって言えば、親友だから心配してるんだって。ううん。親友以上に大切に思っているから探してるんだって、わかりそうなものじゃない……っ」

「……買い被りすぎだろ」

「買い被ってなんかないっ！」

必死に堪《こら》えているが、ここまで感情的になる笠原も珍しい。

それくらい、心配だったのだろう。林のことが。

それくらい、信用していたのだろう。俺のことを。

……一体、何でそこまで俺を信用していたんだ。

俺がそんなに空気を読める男じゃないことは、他でもないお前が一番、よく知っていることじゃないか。それなのに、一度林の居場所を教えなかっただけで目くじらを立てて、延々と怒りを抱え続けて、こうして爆発して……。

……ただまあ、期待に添えなかったという点に関しては、俺も悪かったのかもしれない。

「悪かった」

「……謝るんだ」

「ああ、悪かったよ」

「……ふうん」

笠原は挑発的に言って、涙を拭《ぬぐ》った。

「何が悪かったと思ったの?」

「は?」

「何が悪かったと思ったの?」

同じことを二回言われた。これは、笠原の問いに答えないといけないやつだ。

……ええ?

どうしよう。素直に言えばいいのかな。別に何も悪いと思ってないって。

でもそれ、火に油を注ぐだけだよな?

でもそれ以外のことで取り繕《つくろ》おうとすると、ボロが出て余計に怒らせることになりそうだし

……。

あーっ、何だよこの女っ、面倒臭《くさ》いな!

……まったく。林も笠原も、どうして俺の周りの女は、皆こうも面倒なんだ……。

やっぱりどう考えても、俺、悪くないだろ、これ。

林も笠原も……自分勝手な感情を俺にぶつけすぎだ。

まあ、強《し》いて言えば……。

「お前の林への想いの大きさを見誤った。悪かった」

……いろいろ考えた結果、謝罪の意思がまるでない理由での謝罪となった。考えうる限りでも、一番最悪な答えをした気がするのは気のせいか。

……どうしよう。笠原の顔を見るのが、少し怖い。

「山本君」

笠原の声に、俺はビクッと体を揺すった。恐る恐る、俺は笠原を見た。

笠原は……。

「わかればいいの」

俺が彼女の気持ちを理解してくれたことがよほど嬉しかったのか、満面の笑みを見せた。

「やっぱりお前、林への想いが重すぎるよ」

許された安堵か。ぶれなさに呆れたのか。とにかく俺は、笠原に苦笑を見せた。

◇◇◇

とりあえず笠原との仲直りを済ませて、それからしばらく俺たちは雑談をしていた。

そうして三十分間程度過ごした。時間的にはそこまで長くはない。しかし、笠原とこれだけ話すのも随分《ずいぶん》と久しい気がする。

いや多分、実際に久しぶりなんだろう。

「なんかお腹空《なかす》いちゃったね」

笠原が言った。

「そうか?」

「うん。もう夕飯時だもん」

「……そっか」

夕飯時……か。最近は、ご飯はいつも林に作ってもらっていた。だからだろうか。何故だか、ご飯を作るという行為が、ひどく億劫《おっくう》に感じられた。

「どっか食べに行くか?」

俺は提案した。きっと笠原なら、俺の気持ちはわかっているはずと思ったから。

「じゃあさ」

笠原は、何かを思いついたように指を鳴らした。

「あたしたちも夏祭りに行かない?」

少しだけ、今の笠原は悪い顔をしていた。いくら笠原が、林全肯定女であるとはいえ、さすがに嵌《は》められたことには思うところがあったということか。

「拒否権はないんだよな?」

「そんなことないよ?　ちょっと幻滅するだけ」

「それが拒否権がないって言うんだよ」

渋々、俺は重い腰を上げた。本当は、人が多い場所へはあまり行きたくないのだが……致《いた》し方《かた》なし。

「それじゃあ、行こうか」

「おう」

俺たちは部屋を後にした。まもなく陽《ひ》も落ちきろうかというのに、外に出た途端、全身にムワッとした熱気が襲ってきた。毎日毎日、この暑さはしんどい限りだ。

「なんだかさぁ」

暑さに辟易《へきえき》としている俺とは対照的に、笠原は笑顔だった。

「こうして一緒に夜道を歩いていると、デートみたいだね」

「はいはい」

笠原の態度にからかいの予兆を感じた俺は、軽やかにスルーしてみせた。

「何だか付き合ってた時のこと思い出しちゃうね！」

「そうだねー」

これも軽やかにスルー。俺のスルースキル高すぎぃ！

それが笠原には面白くないのか、頬を膨《ふく》らませて俺を睨んでいた。まもなく、隣からはーっとため息が聞こえてきた。

「どう？　メグとの生活は」

笠原は言った。俺をからかう時の声とは違って、どこか優しい声だった。

「普通です」

「本当?」

「本当本当」

「……そっか。普通かー」

……まあ、普通だろ。林との同棲生活に、居心地の良さを感じているくらい。一緒に生活をしていたら、それなりに情も湧くもんだ。

「山本君は、本当に素直じゃないね」

「俺が? 俺は素直だろ。思ったことを口にして、何度女子を泣かせたと思ってるんだ」

「それは素直云々《うんぬん》じゃなくて性格が悪いだけだよね?」

……なんて酷い奴なんだ。善良な一般市民を捕まえて人格否定だなんて。俺がSNSとかやってたら、今のやり取りを投稿していたぞ? そして、事の顚末を一方的な視点から語り、全力で被害者ムーブをかまして、いいねを稼いで、承認欲求を満たしているところだ。

「まあ、素直じゃないことは認めよう」

「うん」

正直に言うとわかっていた。俺が素直な人間だと言い張るのは、なかなかに無理筋だなあと。

「それで、メグとの生活、どうなのさ」

「うるさいなあ。なんでそんなに根掘り葉掘り聞くんだよ」

「そりゃあ、気になるからだよ。高校の時の二人、本当に仲悪かったじゃない。……これでもあたし、結構、気を遣《つか》っていたんだよ？」

「……そうかもな。その点は悪かった」

「謝る必要なんてないよ。あたしが勝手にやっていたことなんだから」

「だったら、敢《あ》えて口にするな」

「そうだね。ごめん」

エヘへ、と笠原は頭を掻いた。

「高校の友達に言ったら、きっとびっくりする。二人が今、同棲しているだなんて」

「なし崩し的にだがな」

「それでもだよ。きっと皆、えーって驚いて目を丸くするよ」

そこまでか……？　まあ、そこまで、か。

「皆、林も落ちたもんだなー、とか思うんだろうな」

「違う」

「違うのか？」

「うん。皆、君って優しい人だったんだなって……驚くと思うよ？」

……高校時代の俺は、性格的に今とあまり変わっていない。つまり、優しいイメージなど欠片《かけら》もなかったということだ。

「まあ、俺が唯我独尊《ゆいがどくそん》を地《じ》で行く男であることは間違いないがな」

「そんなことないよ」

「お世辞をどうも」

「違う」

「……」

「お世辞なんかじゃない」

変な空気が流れた。時たま、笠原は今みたいに思ったままを口にする。冗談と本心の使い分けに、こちらの精神状態がついていけないのだ。

「皆、酷いよね。君の優しさに気づかないんだから」

「……林と再会を果たして以降のお前は、ブレーキが壊れている」

「……そうかも」

笠原は優しく微笑んだ。その笑みは……俺をからかう時に見せる笑みとは少し違った。柔和《にゅうわ》な笑み。いつもは冗談めかしてものを言う笠原が、そうではない時に見せる微笑みだった。

しばらく雑談を続けながら、俺たちは電車に乗り込み、夏祭り会場の最寄り駅で電車を降りた。電車の中は、俺たちと同じく夏祭り会場へ向かうのか、浴衣を着た客が多かった。

「大丈夫か？」

「だ、大丈夫」

人波に揉《も》みくちゃにされながら、何とか俺たちは夏祭り会場最寄り駅の改札を抜けた。

やはり、電車に乗っていた客は大半が夏祭りへ向かうらしく、大半が俺たちと一緒の駅で電車を降りていた。

これからこれだけの客と一緒に会場まで行くと思うと、俺はまた辟易としてしまっていた。

「それにしても、山本君もよく許したよね」

笠原に言われた。

「何を？」

「メグを、ここまで遠出させることにさ」

「……ああ、まあな」

まあ、林の状況を知っている笠原からすれば、そりゃあ驚くよな。そもそも俺は、林が外出する条件に、俺か笠原が同伴することを挙げていた。しかし、今回の林の外出に、俺たちは付き添っていない。

「まあ、相手が信頼に足る人だと思えたしな」

「……ねえ、そういえばさ。メグって今日、誰と夏祭りに行くの？」

「え？　……ああ、宮内さんだよ」

「……宮内さん？」

笠原は首を傾《かし》げた。

「あー、あの子か。スーパーで会った」

「あの子って……何だか随分と他人行儀な態度だな」

俺は呆れた口調で言った。

「お前も共通の友達なんだろ？」

「え？」

笠原は心底驚いた顔をしていた。

「……なんだよその反応。あの人、高校からの友達なんだろ？」

「違うよ？」

「え？」

……違うのか？

そういえば、宮内さんと交友を持った経緯《けいい》を林からキチンと聞いたことがないことに、俺は今頃になって気づいた。いつか林は、大学時代の知り合いとはそんなに良い関係ではなかったことを俺に教えてくれた。そして端《はた》から見て、林と宮内さんとの関係はとても良好に感じられた。だから勝手に、林と宮内さんは高校時代からの友人なのだと思っていた。

……ちょっと待てよ？

林はこの前、ＤＶ男と出会ったのは大学時代の知り合いから誘われた合コンの場だと言っていた。そして、宮内さんは大学時代の友達。……全然、信頼に足る相手ではないではないか。

「そういえば、随分と離れた場所での夏祭りに参加するんだね」

「あ、ああ……」

俺は頷いた。冷や汗が背中を伝った。嫌な予感が過《よ》ぎった。

「ここ、宮内さんの最寄り駅なんだそうだ」

「えっ？」

笠原が驚愕《きょうがく》の声を上げた。

「……あの子初めて会った時、この前行ったスーパーのそばに住んでいるって言ってたよ？」

この前行ったスーパーのそば……？

そんなはずはない。

だって、林にあれほど確認したんだ。夏祭りの会場が遠い理由を……。何度も林に確認したんだ。そして林から返ってきた答えが、宮内さんの住む部屋がここから近いという理由だったんだ。

俺が聞き間違えたわけではない。

ただ、もしそうなら、どうして俺と笠原では聞いた話が食い違う……？

……まさか、宮内さんは住所を偽《いつわ》ったのか？

……一体、何のために？

まさかっっっ！

「か、笠原。お前、林が今どこにいるかわからないか？」

「え？」

「わかるんだろ？　お前のことだから」

「ま、まあ、わかるけど……」

「どこだ。すぐに教えてくれっ！」

笠原は俺の豹変《ひょうへん》ぶりに呆気《あっけ》に取られた様子だったが、まもなくスマホを操作して林の現在位置を教えてくれた。

「……山本君。メグ、夏祭り会場と真逆の方にいる」

笠原の声は呆然としていた。

「どこだ」

俺は笠原のスマホを覗いた。

「……笠原、警察に連絡しておいてくれっ！」

気づけば俺は駆け出していた。

たった数歩走っただけで、全身から汗が噴き出した。多分、暑さのせいだけではない。

不快感が体を包んだ。しかし、足を止めることは出来なかった。出来るはずもなかった。

考えすぎだろうか……？

住所を偽られた程度で、神経質になりすぎだろうか？

林は大学を辞《や》めた身。そんな今は何をしているかもわからない林に、再会して早々に個人情報を明かすのはリスクがあると感じて、適当なことを言っていたとしてもおかしくないのかもしれない。

……そうだよ。

再会してからしばらく経って、信用してもいいと思えたから、宮内さんは林に本当の住所を教えたんだ。

そうだよ。そうに違いない……。

……わかってる。

そんなはずはない……っ！

だって、林と宮内は二度もスーパーで遭遇している。俺の近所のスーパーで、二度も偶然遭遇しているのだ。

たまたま俺たちと宮内の通っているスーパーが一緒だった？

ありえない……っ！

林と宮内が出会った場所が、アトラクションパークのように、日本全国に数箇所しかない施設というならまだわかる。

でも、スーパーは日本中、至るところにある。そんなどこにでもある施設で、電車で三十分以上離れた場所に住む彼女とたまたま二回も遭遇するなんてあるはずがないっ！

あのスーパーで二度も遭遇したこと。

住所を偽られたこと。

そして今、二人が夏祭り会場とは真逆の方向に進んでいること。

……もしかして。

もしかして……っ！

……林に対して報復行為に及ぶとしたら、あのDV男以外ありえないと思っていた。

『あの人、もう外に出れないと思うんだ』

そして、林が俺と笠原に語った推論には説得力があった。

だから、林があの男の影に怯《おび》える必要はもうないと思っていた。

でも、浅はかだった。

今もあの男は逃亡を続けている。家には一度も戻っていないと聞いた。

であれば、あいつはきっと今、誰かに匿われているのだ。

林以外の、あいつに魅入《みい》られた女に、あいつは今も匿われているのだ……！

そして……全てを失ったあいつを匿うような妄信的な女が、あいつを貶《おとし》めた林に、恨みを抱く可能性はなかっただろうか？

……今、わかった。

宮内と林が、二度も俺の部屋の近所のスーパーで遭遇した理由が。

……きっと、聞かされていたんだ。あのＤＶ男に……俺の部屋の近所で林と遭遇し、口論になり警察沙汰《ざた》になったことを、宮内は聞かされていたんだ。

そして、ＤＶ男にでたらめの事実を吹き込まれた結果、宮内は奴に代わって復讐するために林を探し出そうと一計を案じたんだ。

林があの辺に住んでいることは間違いない。

だから宮内は、あのスーパーにいたんだっ！

生活必需品を買う場所を張っておけば、いつか必ず林に会えると踏んでいたんだっ！

「頼む、無事でいてくれっ！」

息を切らしながら、俺は走った。

第八章　傷つけられる女王様

CHAPTER8

こうして夏祭りに行けるようになるだなんて、あの時は思ってもいなかった。

つい数ヶ月前の話。あたしは、とある男と同棲を始めて、そいつから……内海誠二《うつみせいじ》からDVを受けていた。あの頃は、毎日が地獄だった。部屋からはほぼ出れず、やることといえば家事程度。スマホも破壊され、自由を奪われ……たった一月《ひとつき》程度の関係だったのに、あたしの心は疲弊《ひへい》しきっていた。

もしあの時、山本《やまもと》と再会を果たせていなかったらと思うとゾッとする。

だってそうなったら……。

灯里《あかり》とも。

宮内《みやうち》さんとも。

あたしは二度と……再会することが出来なかったのだから。

あたしと入れ違いに、灯里に山本の部屋に来てもらう作戦は、我ながら妙案だった。きっと今頃、二人は楽しい夜を過ごしていることだろう。そうなってくれていたら、あたしは嬉しい。

むしろ、そうなってくれていないと、あたしは困る。それこそ、イチャイチャしすぎてあたしが入る隙間《すきま》もなくなるくらい。

あの部屋に、あたしがもう戻れなくなるくらい……二人が仲睦《なかむつ》まじくなってくれるのがあたしの願い。

その果てに、あたしの居場所が失われるかもとか、そんな野暮《やぼ》なことは一旦考えない。

これから先の住む場所を考慮に入れないなんていう、あたしの一人よがりで考えなしな計画を聞いたら、山本はきっと馬鹿な奴だと怒るだろう。

でも、あたしはそれでも構わないと思った。何より、大切なあの二人が結ばれるのなら、これ以上嬉しい話はなかった。

「まあ、しばらくは山本に土下座してでも住まわせてもらうしかないけど……」

本当に、そればかりは申し訳ない気持ちでいっぱいだ。

なるべく早くお金を貯めて、あの部屋を出ていかないとね。

電車に乗り込んでしばらく経《た》って、休日の夜にもかかわらず、車内はドンドン人が増していることにあたしは気がついた。

あたしのように、浴衣《ゆかた》を着ている乗客もチラホラいる。どうやら大半の乗客が、あたしと行き先は同じなようだ。

『そろそろ着くよ』

あたしは宮内さんにメッセージを送った。

『もう駅前にいるよ！』

単純明快なメッセージが、宮内さんから返ってきた。

再会を果たしてから今日まで、宮内さんはいつも元気だった。

少し、意外だった。

大学の時に知っていた宮内さんは……今とは少し違い、内気……とはまた違うけど、とにかく人に合わせるような人だったから。それこそ、タイプでいうと灯里に近いかも。

ただ、あたしが大学を辞《や》めてからいろいろあったんだろう。今ではあたし以上に勝ち気……というか、押しが強くなった。

もしかしたら、無理をして元気そうに振る舞っているのかもしれない。もし悩みがあるのなら、いつか相談に乗ってあげたいな。

これまで山本があたしにしてくれたように……あたしも誰かの支えになり、誰かを導けるようになりたい。

電車が夏祭り会場の最寄《もよ》り駅に着くと、やはり乗客の大半がこの駅で降車した。

人の流れに任せて、あたしも電車を降りた。改札を出てすぐにある噴水前で、宮内さんと落ち合った。

「ごめん。遅れた」

「全然、まだ大丈夫！」

「電車、めっちゃ混んでたよー」

「そっか」

宮内さんは電車の混み具合にはあまり興味がないらしい。これから行く夏祭り会場もごった返しているだろうって意味なのに、いいのかな？

「それより林《はやし》さん、浴衣凄《すご》い似合ってる！」

「え？　ああ、ありがと」

「ううん。全然。どうしたの？　買ったの？」

「……あはは。贈ってもらったの」

「親に？」

「ううん。そういうんじゃないんだけどね」

「……へえ」

宮内さんのトーンが、少し下がった気がした。

「じゃあ、あの彼氏さん？」

「ちょっ！」

あたしは大げさに取り乱した。

「ち、違うよ？　あいつは別に、彼氏とかじゃないから」

「えー？　すごい格好いい人だったじゃない。クールでさ」

「クールなんかじゃないよ。むしろ、神経質でお節介で、口うるさいんだから」

そう、あいつはクールなんかでは決してない。あいつをクールってことにしてしまったら、クールな人に失礼だ。

「……ただまあ、時々……結構？　頼りになる。それくらいだよ」

「ふうん」

宮内さんは微笑んだ。

「好きなんだね、彼氏さんのこと」

「だから、彼氏じゃないって」

あたしは、少しムッとして反論をした。なかなかどうして、あたしの言葉を聞いてくれない子だな。

「羨《うらや》ましいなー」

やはり宮内さんは、あたしの言葉なんて聞く耳は持っていなかった。

「……そろそろ行こうか」

何だか少し面倒になって、あたしは言った。

「そうだね」

「あっちだよね？」

駅から出てきた浴衣姿の人たちが向かう方向を、あたしは指差した。

「ううん。反対側から行こう？」

「え？」

「あっちは混んでるから。裏道から行こう」

「……うん」

宮内さんは、一足先に歩き出した。

「待って」

宮内さんを追いかける形で、あたしも足を進めた。

「宮内さんは浴衣、着てこなかったんだ」

「うん。嫌だったんだよね。浴衣」

「何で？」

「動き回るの、大変じゃない」

「あー……」

確かに、たくさんの人でごった返した電車から降りた後だと、宮内さんの言っていることにも頷《うなず》けた。駅から出ても、たくさんの人が会場に向かっていく姿を見ていたし……あれだけの人出がある中を慣れない浴衣姿で移動するのは、ひどく疲れそうだ。

「でも、折角《せっかく》の夏祭りだもん」

だから、多少の不便は感じても、どうせなら浴衣を着て祭りに参加したい。山本から浴衣を手渡された時は尻込みしていたのに、あたしも相当現金な奴だ。

下駄をカツカツと鳴らしながら、あたしは夏祭り会場へと向かっていった。

「……あれ？」

違和感を覚えたのは、宮内さんに続いて十分くらい歩いた頃のことだった。事前に山本と地図で下見した限りだと、夏祭り会場は駅から五分も歩けば到着しそうな場所にあったはず。

しかし、今あたしが歩く道には、夏祭り会場ではお馴染《なじ》みの屋台の一つさえ見当たらなかった。それどころか、いつのまにか人気《ひとけ》のない細い裏路地に入っていた。

「ねえ、宮内さん？　本当にこの道で合ってる？」

思わずあたしは、前方を歩く宮内さんに尋《たず》ねた。

この道を進むことにしたのは、宮内さんが夏祭り会場への近道だと言ったからだ。でも、近道を進んでいるはずなのに、会場に到着する時間が予定の倍以上かかっている。

……まさか。

「林さん。覚えてる？」

宮内さんの声には、抑揚がなかった。

「林さんが当時付き合っていた彼と出会った合コンのこと」

「……いきなり、何？」

「答えて」

「……覚えてる。忘れたことなんてないもの」

忘れられるはずがない……。

「林さん、気づいてた？　あたしも、あの人のこといいなって思ってたの」

「……あの人？」

「内海さん」

宮内さんの語気が強まった。

「内海誠二さん」

宮内さんの発した名前は、思い出したくもない男のものだった。

「悔しかった。一目《ひとめ》惚《ぼ》れだった。一目惚れだったの。そんな人を、あなたは隣から掠《かす》め取った」

「……そっか」

「その彼と、この前再会をしたの」

合点《がてん》がいった。

「偶然だった。本当に、偶然だった。大学に行く前、いつもの通学路を歩いていたら……くたびれたワイシャツを着た彼と出会ったの」

「そうなんだ」

「緊張したよ。何を話しかければいいかな。変に思われたりしないかな。一瞬、あなたの顔も浮かんだりもした。罪悪感も微《かす》かにあった。でも、結局あたしは彼に声をかけた」

「……うん」

「そして、あたしは彼を部屋に匿《かくま》った……っ！」

感情が高ぶっているのか、宮内さんの握りこぶしは震えていた。

「全部聞いたよ……全部。全部……っ！」

ハーッと深く息を吸った後、

「あなたが、彼から全てを奪ったっ！」

宮内さんは叫んだ。

「全部教えてもらったっ！」

宮内さんは止まらない。

「あなたが彼に事実無根の罪を着せて、陥《おとしい》れたこともっ！」

もう、止まらない。

「あなたが彼以外に男を作って、彼を悲しませたこともっ！」

これまで溜め込んでいた全てを吐き出すように……。

「最後には彼の財産全てを奪って、一人のうのうと生きていることもっっっ！」

宮内さんは、金切り声を上げた。

あの男から吹き込まれた嘘を、叫び続けた。

ちょうどその時、一輪の花火が打ち上がった。

青。赤。黄色。

それに続いてたくさんの光の花弁が空に舞い、地へと堕《お》ちていった。

花火が照らした彼女の顔は、涙でグシャグシャだった。

「あんたみたいな下らない女に、どうして誠二さんが苦しめられないといけないのよっ！」

「当然の報《むく》いだろっ！」

背後から怒声が響いた。前までは耳障《みみざわ》りに感じていたのに、最近ではすっかり聞き心地良く思えるようになった男の人の声だった。

「……山本」

あたしが背後を振り返ると、そこには肩で息をする汗だくの山本が立っていた。

一瞬、宮内さんは顔に動揺の色を浮かべた。

「なんで……？」

ただすぐに落ち着きを取り戻して、吐き捨てるように宮内さんは言った。

「……はっ。滝みたいな汗かいてさ。彼女を守る献身的な彼を演じてるつもり？」

宮内さんはあたしを指さして言った。

「……どうせ、あんたがこの馬鹿女を匿っているんでしょ？　あんたも馬鹿な男ね」

「俺が馬鹿なことはこの際どうでもいい。だが、俺から見たらお前も相当な馬鹿だぞ」

汗を拭《ぬぐ》いながら冷静に話す山本の言葉に、宮内さんの声が怒りで一瞬震えたのがわかった。

「どういう意味よ」

「どういう意味かわからなかったか。馬鹿な女に馬鹿だと言っただけだ……っ」

「あたしのどこが馬鹿だって言うのよっ！」

大きな声で宮内さんが叫んだ。

「……根拠のない言葉に踊らされている、その姿が馬鹿だと言っている」

「根拠のない……？」

はっ、と宮内さんは鼻で笑った。

「根拠ならある！　ちゃんとある！　だってあたし、今あたしの家にいる彼から全て聞いたんだもんっ！」

「それのどこが根拠になる？」

「何ですって……？」

「あいつの言っていることは、本当に全て正しいのか？」

「……何が」

「正しいという証拠は？　キチンと裏づけは取ったのか？」

「そんなこと必要ない……っ」

「何ィ……？」

「何故だ」

「あの人が、あたしに嘘を言うはずがないっっっ!!!」

「お前、この前スーパーで林の腕にある痣《あざ》を見ているよな？」

「……」

「あの痣は内海がつけたものだ。お前が嘘なんかつくはずがないと言った内海が、林に暴行を働いてつけた痣だ」

「……それが何よ」

「内海は、林の腕に痣をつけたことも、お前に話していたのか？」

「……それは」

「話してないんだろ？」

「……さい」

「自分に都合がいい情報しか伝えていない内海の話を、お前はどうして根拠があると言い切れるんだっ！」

「うるさい……っ！」

宮内さんの背後で、綺麗な火花が打ち上がった。

とても綺麗な花火だった。

今の状況を忘れるくらい……思わず見惚《みと》れてしまうくらい、美しく鮮やかな花火だった。

「ああああああああっ！」

花火が破裂する音に重なるように叫ぶと、宮内さんは肩にかけていたトートバッグから鈍《にぶ》く光る何かを取り出した。

十を超える花火が空を舞い、その光に照らされた彼女の持つ何かが光沢《こうたく》を放った。

包丁だった。

宮内さんはあたしに全力疾走で迫ってきていた。

あまりにも突然の出来事だった。

「林っ！」

「きゃっ」

気づけば、あたしは尻餅《しりもち》をついていた。

体に痛みはなかった。

ゆっくりと……あたしは顔を上げた。

「山本……？」

さっきまで背後にいたはずの山本が、宮内さんの体を食い止めていた。

一瞬、何が起きたのかわからなかった。理解が追いつかなかった。それくらい、想像もしていなかったのだ。宮内さんが凶行に及ぶことも、山本があたしたちの間に割って入ってくることも。

「……うっ」

放心するあたしを余所《よそ》に、山本は呻《うめ》き声をこぼしてその場に跪《ひざまず》いた。

「や、山本……？」

様子のおかしい山本を見て、あたしは立ち上がった。

山本は地面に膝《ひざ》をついたまま、微動だにしなかった。

あたしはまだ山本の身に何が起きたのかわかっておらず、よろよろと彼に近寄った。

「……違う。あたしのせいじゃない。こいつが煽《あお》るから……。あたしのせいじゃない……」

山本のそばで崩れている宮内さんはうわ言をボソボソと呟《つぶや》いていた。さっきまでの激情は感じられない。今の彼女は、自分のしでかした事の重大さを受け止められず、茫然自失《ぼうぜんじしつ》となり、現実逃避をしている哀れな道化《どうけ》のようだった。

唐突に胸がざわついた。深い眠りについていたのに、いきなり目覚めさせられたような不快感に襲われた。

まさか……。

「……っ」

山本が路地の隅に何かを放った。

カランカラン、と音を立てる何かを、あたしは凝視《ぎょうし》した。

鮮やかな花火が再び宙を彩った。真っ赤な花火だった。

きっと、今日行く予定だった祭り会場で見ていたら、思わず感嘆《かんたん》の声を上げていたと思うくらい、鮮やかな真っ赤な花火が、路地の隅に放られた何かを照らした。

「……っ」

あたしは息を呑んだ。

花火が照らしたものは……さっきまで宮内さ——宮内が手にしていた包丁。その切っ先は真っ赤に染まっていた。

鮮やかな花火のせいで赤く染まっているわけではない。

あれは血だ。誰かの血だ……！

血の気《け》が引いた真っ青な顔で、あたしはゆっくりと山本を見た。

願っていた。今、あたしが想起したことが間違いであることを願っていた。

でも……あたしの願いは天に届くことはなかった。

降り始めの雨が地面をぽつぽつ濡らすように、山本の足元のコンクリートも、点々と濡れていた。

真っ赤に濡れていた。

「山本……！　山本っ！　大丈夫なの!?　山本ぉっ！」

未《いま》だうずくまっている山本に、あたしは叫んだ。

「……たぃ」

「え？」

「痛い」

「当然よ！　どこ刺されたの！」

涙目の山本のTシャツを思い切り捲《めく》った。暗くてよく見えないが、腹部から血が出ている様子はなさそうだ。

「……右手だ。包丁、思い切り掴んじまった……」

「手!?」

焦《あせ》るあまり、思い切り山本の右手を引っ張ってしまった。

「いたぃ……」

痛みに呻く山本を前に、謝罪の言葉は出てこなかった。

「なんで」

逆にあたしの口から出てきたのは、彼に対する非難だった。

「なんで……。なんであたしのことなんか庇《かば》ったのよ……」

目から涙が溢《あふ》れた。泣いている場合ではないし、泣いて済む問題でもない。わかっているのに、涙が溢れて止まらなかった。

「あたしなんてあんたにいつも迷惑かけてるばっかりなのに……っ！　今日だって……。なのに、なんで……っ？」

「……今、泣いているお前と一緒だ」

「……」

「お前が今泣いているのは、自分のせいで俺が怪我《けが》したと思っているからだろ？」

「……っ」

「俺も一緒だ。お前に怪我してほしくなかった。だから身を挺《てい》したまでだ」

「……ごめん」

「違う」

「……え？」

「俺はお前に謝罪をしてほしかったから、お前の盾《たて》になったわけじゃない」

……なんで。

なんでこいつは、こんな目に遭《あ》っても……。

「ありがとう……」

「おう」

額《ひたい》に脂汗《あぶらあせ》を滲《にじ》ませながら、あたしの不安を取り除くためか、山本は微笑んだ。

「お前が無事で良かった」

くしゃくしゃの……実に山本らしくない、晴れやかな笑みだった。

第九章　空回りする女王様

CHAPTER9

宮内《みやうち》とのいざこざから数十分後、笠原《かさはら》に呼んでもらっていた警察が現場に到着して、宮内は連行された。

林《はやし》も、事情聴取のため警察署に同行を求められた。

そして俺は、警察官の一人に伴われ、病院へと連れていかれた。医師の診断により、包丁を掴んだ右手の傷は、五針縫われることになった。

「偉いねえ、彼女のために身を投げ出すだなんて」

縫合の最中、医師に言われた。

「……いえ、彼女ってわけでは」

「でも駄目だよ？　刃物を持った相手を挑発するだなんて。もしかしたらこの程度の怪我《けが》では済まなかったかもしれないんだからさ。そうなった時、一番悲しむ人は彼女なんだよ？」

「だから、彼女というわけでは……」

そんな一幕を経《へ》て、治療を終えた俺もまた警察署に向かうことになった。事情聴取と、林を引き取るためだった。

病院を出てすぐ、同伴してくれていた男の警官は無線で関係部署と連絡を取っていた。それを終えた彼は、俺にこっそりと教えてくれた。

「さっき君を刺した子の家に、家宅捜索が入ったそうだよ」

彼は、以前DV男と林が揉《も》めた際にも現場にいた人で、今回の事件のおおよその経緯《いきさつ》を知っている人物だった。

「そこに、例の男もいたそうだ」

「そうですか」

「ああ、それで……そいつもこれから、うちの署に連行されるそうだ」

「……そうですか」

肩の荷が下りたような感覚だった。仕方のない話か。林を部屋に匿《かくま》って以降、俺の頭の片隅にはずっとDV男のことがあったのだから。林と一緒に外出をするにも、細心の注意を払わなければならず、内心気疲れしていた部分もあったのだろう。

俺は、DV男と宮内が今後どうなるかを、警察に尋《たず》ねようかと思ったが、やめておくことにした。

警察署に行き、事情聴取をされ、俺が解放されたのは日付が変わる頃だった。

「山本《やまもと》」

「待たせたな」

林と再会を果たしたのは、警察署内の一室だった。お互い無事であることに安堵《あんど》しただけで、ある程度気持ちも落ち着いたのか……俺たちはあまり多くのことを語ることなく、その場を後にした。

「メグ！　山本君……」

部屋に戻ると、笠原が俺たちを出迎えてくれた。

「灯里《あかり》」

「メグ……大丈夫だった？」

「うん。あたしはね」

林の声は、暗かった。理由は何となくわかっていた。彼女の視線が、俺の右手に向けられている。

「山本君、ありがとうね」

「おう」

「……聞いたよ。手、大丈夫？」

笠原は俺の右手を心配そうに見ていた。最近はずっと彼女にからかわれていたから、こうも不安げな目を向けられると、俺は今、とんでもなくヤバい状態なのではないかという錯覚に陥《おちい》りそうになる。

「ああ。問題ない」

「……それなら良かった」

敢《あ》えて無事アピールをした俺だが、笠原の声は晴れなかった。

この三人が集まるのは……この前の大いに盛り上がったたこ焼きパーティー以来だった。しかし、前回のたこ焼きパーティーの時とは違い、今は空気が重かった。刃傷沙汰《にんじょうざた》により怪我人が出たのだから、あのような空気感になる方がどうかしているとは思いつつ、唯一、実害を被《こうむ》った立場からすると、まるで腫《は》れ物扱いされてるようで、なんか居心地が悪いと思った。

「何度も言うが、俺は大丈夫だ。少し手は痛いが、こんなのすぐに治る。だから、変な気だけは遣《つか》うなよ」

痛いのは少しどころではない。でもこうでも言わないとこの状況は変わらないだろう。しかし、こうまで言っても結局……この場のどんよりとした雰囲気が変わることはなかった。

「あたし、今日はもう帰るよ」

笠原は力ない笑みを浮かべていた。

「二人とも、今日はゆっくり休みなよ？　それじゃあ、おやすみ」

「……うん。おやすみ、灯里」

本当なら、深夜帯に女の子を一人で帰すなんて危ないからやめさせるべきなのだが、確かに今日は相当の疲労を抱《かか》えたためか、引き止める言葉は口から出てこなかった。

笠原が帰った後、俺たちはすぐに眠りについた。

目を覚ましたのは、いつもの起床時間より三十分早かった。右手の傷が疼《うず》いて、碌《ろく》に眠れなかったのだ。……なんかこの言い方、中学二年生が好きそうだ。

「そんなしょうもないことを思っている場合か」

ベッドの方を見ると、林が静かに寝息を立てて眠っていた。

少しだけ安堵した。昨晩の深刻そうな顔を見ていたら、俺に合わす顔がないとか言って、寝ている間に家出をされてもおかしくないと危惧《きぐ》していたからだ。

「とりあえず、掃除でもするかー」

俺は物音を立てないようにしながら、立ち上がった。そして、日課の掃除をするため、クローゼットに大量に収納された掃除グッズを物色した。

ただ、すぐに気づいた。掃除をするにも、右手が使えない。

「なんてこった……」

冷静に考えると、利《き》き手の負傷って、掃除の効率上、これ以上ない痛手じゃないか。俺は掃除は好きだが、グダグダと非効率な作業をすることは、自身の主義が許さなかった。

くそう。こんなことなら左手を生贄《いけにえ》にささげるんだった……！

「どうしよう……」

ここ最近で考えても、これ以上ないくらい困り果てるような事態だったが、妙案も浮かばず、とりあえず手を動かしながら考えるかと思い至った。

一応、本当に右手は使えないかと試してみたが、掃除用のブラシを握った瞬間に痛みが走り、とてもじゃないが使い物になりそうになかった。

となれば、当分の間は左手でこなすしかない。俺はキッチン周りの掃除を左手で始めたが、利き手じゃないので、作業は思うように進まなかった。

「おはよう」

しばらくして、林が目を覚ましてきた。林は朝に弱い。寝起きの声はいつも気だるげであることが多い。しかし、今日の声は日中にも負けないくらい、しっかりしていた。

「おう」

「手、大丈夫なの？」

「おう」

「左手で掃除してるじゃない……」

「まあ、さすがにしばらくはな」

こればかりは素直に認めるしかなかった。

「というわけで、今だけは三十分くらい、掃除時間を延長させてくれると嬉しいかもしれないなー、なんて」

ただ、あまり責任を感じられるのも困るため、冗談めかしながら俺は言った。

「……わかった」

林は言った。

「……え」

「わかった。今だけは掃除時間延ばしなよ」

思ってもみない返事だった。あれだけ頑《かたく》なだった林が、まさか掃除時間の延長を認めてくれるとは……。

「ま、待てよ林」

「何？」

「本当にいいのか？」

我ながら、俺は何を聞き返しているのだろうか。

「いいよ。好きなだけ掃除しなよ」

「好きなだけっ!?」

一昨日までの俺が聞けば、なんとありがたい言葉かと歓喜しただろうが、今は違った。

「本当にいいのか？」

「うん」

「本当に本当か？」

「うん」

「……俺にはアディショナルタイムがあるぞ？」

「……好きにしなよ」

……重症だ。

「とりあえず朝食作るから、別の場所掃除しておいてもらえる？」

「あ、はい」

信じていいのだろうか？　林の言う通り、好きなだけ掃除をして……本当に構わないのだろうか。

……まー、何だ。

好きなだけ掃除していいって言うなら、好きなだけ掃除するけどね！

仕方ないよね！　好きなだけ掃除していいって言うんだもんっ！

湧き上がる興奮を抑えながら、俺は林が朝食を作り終えるまで、思う存分掃除を続けた。ただ、左手のみでの掃除は、やはり勝手が違った。勿論《もちろん》、だからといってイライラが募《つの》るとかそういうわけではない。効率が悪いなら、効率を良くする方法を考えるまで。今の俺の頭の中は、左手での作業効率を上げる方法の考察でいっぱいだった。

「山本。朝ごはん」

「おう」

いくら掃除に没頭していても、ご飯の時間だけは守った。前回、掃除時間を制限されたのは、それを蔑《ないがし》ろにしたことが原因だった。同じ轍《てつ》は二度と踏むわけにはいかない。

「いただきます」

俺はテーブルの上に目を向けた。食卓に並ぶ品々は、ご飯。味噌汁。目玉焼き。焼き鮭《ざけ》だった。

林は無言でそれらに箸《はし》をつける。

そんな林に倣《なら》って、俺もご飯を食べ始めようと思って、気づいた。

右手がズキズキ痛くて使えないのだ。感覚的に、箸を持つまでは何とかなりそうだが、そこから先、器用に食べ物を摘《つ》まむとかは無理そうだった。

とりあえず、左手で箸を摑んでみた。

「あ」

箸は手から滑り落ち、カランカランと軽い音を立ててフローリングに転がった。

「山本」

急いで箸を拾っていると、林の声がした。

俺は顔を上げて、ギョッとした。

林は自分の箸で俺の焼き鮭の身を摘まみ、俺の方へ差し出していたのだ。

「ほら。口開けて」

これは、いつかのたこ焼きパーティーの罰ゲーム。通称、あーんだ。今回は、一体どんなペナルティでもって、林はこれを俺に強《し》いようというのだろうか？

「いいよ。自分で食うよ」

「……ごめん」

「え……っ？」

林の奴、なんてしょんぼりした声を出すのだ。思わず取り乱してしまったではないか。

「ま、待てよ」

摘まんだ鮭を皿の上に戻そうとする林に、俺は慌《あわ》てて口を開けてみせた。

また一瞬、変な空気が流れた。

しばらくして、林は鮭を俺の口へと運んだ。

それから俺たちは、あのたこ焼きパーティーの際には、罰ゲームと呼んでいた行為を続けた。何度も何度も……俺の分の器が空《から》になるまで。

「美味《おい》しかった。ありがとう」

本当は、恥ずかしくて味なんてちっともわからなかった。でも、料理を作ってくれた林へのお礼はせねばなるまい。

「ん」

いつもはもう少し嬉しそうな反応を見せるのに、暗い顔のまま林は頷《うなず》いた。

「……林、お前、今日——」

「ごめん。灯里《あかり》から電話だ」

……今日、様子が変だぞ。

そう言いかけた俺を制して、林はスマホを片手にベランダへ。窓を隔《へだ》てて、林の電話の声が漏《も》れていた。その口調は、笠原相手にしてはあまりにも元気がなかった。

「山本」

窓を開けて、林が俺を呼んだ。

「なんだ？」

「……灯里が今日、あんたのお見舞いに来たいって言うんだけど。どうする？」

この前は、家主である俺に一言も断りを入れずに笠原を呼んだ癖《くせ》に……。

「お前の好きにしろよ」

「……わかった」

林は踵《きびす》を返した。

「ごめん灯里。ちょっと、今日はゆっくりしたくて……」

窓を閉めようとする林が発した声が聞こえた。

最近の林は、かつての交友関係を取り戻したいと、友人の誘いに積極的に応《こた》えてきた。

……しかし、今は笠原の誘いを断った。

俺が気にしすぎているだけだろうか？

「……そういえば、昨日、風呂入らなかったな」

唐突に、昨晩体を洗っていなかったことを思い出して、俺は全身に不快感を覚えた。

「林、俺、風呂に入るわ」

「あ、うん」

「よいしょ」

俺は立ち上がった。

「……山本」

「ん？」

風呂場へ向かおうとした俺だったが、そう呼びかけられて林の方を見た。

「なんだ？　……あー、お前、先に入るか？」

「……」

「……どうした？」

「……入る」

「ん？」

「あたしも一緒に入る」

「……ん？」

……ん？

「何に？」

「お風呂に」

「……おー、なるほどなるほど」

そういうことか。完全に理解した。

「お前……さては笠原に何か言われたな？」

「……」

「まったく。俺相手じゃなかったらお前、本当に一緒に風呂に入らされていたぞ？　新手《あらて》の罰ゲームにしても、自分の体を安売りしすぎだ」

「……」

「俺も、あとちょっとで乗せられるとこだった。あとほんのちょっとだったよ。惜しいっ！」

左手で鳴らない指ぱっちんをしながら軽い調子で答えるが、何故だか林からの反応がない……。

……え？

まさか……。

いやいや、ないないない。

だって、林が俺と一緒に風呂に入ろうなんて、本気で提案するはずないじゃないか。

だってそうだろう？

こいつ、この前、俺に裸を覗《のぞ》かれたとか言って、ぶちギレてきたんだぞ？

あんな不可抗力なパターンでギャーギャー騒いどいて、自分から誘うのはオッケーって……

それが認められたらこいつは二重人格ってことだよ？

それはないでしょー（呆）。

……そういえば、こいつの貞操観念がダブルスタンダードだったこと、前にもあったような、なかったような。

「あたし、本気よ」

二重人格でしたー。

まごうことなき二重人格でしたー。

「遠慮するわ」

「……何でよ」

「だって、その……そういうことだよ」

「どういうことよ」

はぐらかした俺に、林が詰め寄ってきた。あなた最近、俺のはぐらかしを見逃してくれること多かったじゃないですか。なんで今回は見逃してくれないの？

「とにかくっ、俺は一人で風呂に入るから」

「……なんでよ」

「なんでもだ」

「いいじゃないい。別に減るもんでもないでしょ」

「減るよ」

「何がよ」

「それは……」

それは……なんだろう？　妙に自意識過剰なところとか？　むしろそれは減るのを歓迎すべきものでは？

もしかして、一緒に風呂に入ることって、何も問題がないのか？

……。

そんなわけないだろっ！

「こ、こっちこそなんでだよ」

「……何がよ」

「なんでいきなり、一緒に風呂に入ろうとか言ってくるんだよ！」

俺は話を逸《そ》らすことにした。

ただまあ、発言した後に思ったことだが、俺の言い分は至極真っ当なものだった。俺たちの関係はただの知り合い。友達でもなければ恋人でもない。そんな間柄の俺たちが、一緒に風呂に入るだなんて、異常事態以外の言葉では説明出来ないではないか。

俺の発言に、林はなかなか返事を寄越《よこ》さなかった。だんまりを決め込んで、しばらくして俯《うつむ》いた。

その時気づいた。

下を向いた林の視線の先に、負傷した俺の右手があることに。

「……まさか」

まさか、林が俺と一緒に風呂に入るなんて意味不明なことを言いだした理由は……。

「その手で体洗うとか、無理でしょ」

林に返事をすることが出来なかった。

「だから、あたしが洗う」

開いた口が塞《ふさ》がらなかった。

「だから、一緒にお風呂に入ろ？」

呆れて物も言えなかった。

「お前馬鹿か？」

ようやく声が出た。ただ、俺の発した言葉は、林の意に適《かな》うものとは程遠い。俺らしく理性に訴えたものでもない。所謂《いわゆる》、ただの悪態だ。

「……そうだね、あたし、馬鹿だ」

林は俯いたまま、俺の意見に同意した。

「そうだそうだ」

本当、そうだよ。

俺が負傷した理由は、宮内や内海《うつみ》のせいではないか。林が嫌な思いをしてまで、なんで一肌脱がないといけないのだ。

本当、この女は……お節介が過ぎる。

「あたしなんかと一緒にお風呂になんて入りたくないよね……」

「ん？」

「ごめん……。迷惑だったよね」

「……ん？」

……これはもしかして。

「そうだよね。その怪我をした原因ももともとはあたしだもの。ずっと思ってたの。もしあたしが最初から、宮内の正体に気づいていればって。あたしが友達と再会したいなんて言わなければって。あたしが……あんたの厚意に甘えなければって」

もしかして俺、また地雷を踏み抜いちゃった？

「そうすればさ、あんたがババを引くことなんてなかったんじゃないかって……っ」

林のメンタルブレイクの地雷を……正確に踏み抜いちゃいました？

「当然だよね。あんたをこんな目に遭《あ》わせたあたしなんかと、一緒にお風呂になんて入りたくないよね……」

「……いや、あの」

「そうだよね。そもそもあんた、灯里のことが好きなんだもんね……。女の子らしい灯里のことが好きなんだもんね」

「……ぁぅ」

「あたしみたいな男勝りな女の誘い、迷惑以外の何物でもないよね……」

「だーっ！　わかったよ！」

やけくそになった俺は叫んだ。

「入るよ！　一緒に風呂、入ればいいんだろっ⁉」

気づけば、林のお望み通りの答えを言わされてしまっていた。

考え足らずの感も否《いな》めないが……まあ、申し出に乗っかってやったのだから、こいつも満足だろう。

「いいよ。無理しないでよ」

「ふぁっ⁉」

苦笑を見せた林に、変な声を漏らした。

どうやら一度俺が真面目に取り合わなかったことと、破れかぶれになって、その態度を変えたことが原因で……林はイジけてしまったらしい。

「ごめんね。変なこと言って。忘れて？」

「……おい」

「ごめんごめん。……あたし、お風呂沸かしてくるよ」

「林、俺の話を聞け」

風呂場へ向かおうとしていた林が、足を止めた。

妙に思い詰めた様子の林を見て、慌てて彼女を制止したが……特段、彼女へ向けて言うべきことがあったわけではない。

どうしよう。

変な空気により混乱した頭と、落ち込んだ林を元気づけないと、という焦《あせ》りのせいで、思考はまったくまとまらなかった。

ただとにかく……今は林のご機嫌取りのため、林と一緒に風呂に入らないと。

「あ、あんまり卑屈になるなよ。悪かったよ」

林は俯いたままだった。

「その……冗談やん？」

「冗談？」

「そう。お前をからかいたかっただけなんだよ」

……俺、何言ってるんだろう？

林の歓心を買おうとするあまり、なかなか意味不明なことを言っている気がする。

「最近の俺、お前とか笠原とか……と、とにかくいろんな人にからかわれてただろ？　だ、だから、たまにはちょっと仕返ししてやりたくなったんだよ」

「……何それ」

「悪かったたって。機嫌直してくれよー」

不機嫌な妻の前で、平身低頭する夫になった気分だった。

世の旦那さんもなかなか大変だな。こんな道化《どうけ》役を演じさせられるだなんて、と思わずにはいられなかった。

「……じゃあさ、山本」

「なんだ？」

「あんたは……あたしとお風呂に入りたかったってこと？」

うぐ……。林の問い、イエスかノーかで言えば……答えはノーだ。

「やっぱり嫌だったんだ」

林が泣きそうな顔で項垂《うなだ》れた。

「い、イエス！　イエスだよ！」

狼狽《ろうばい》しながら、俺は言った。

「本当？」

「本当だ」

「本当に本当？」

「本当に本当だ」

……ええい、もうどうにでもなれ！

「だから……頼む。頼むよ林。俺と一緒に風呂に入ってくれないか」

林は黙っていたが、少し頰が赤くなったような気がした。

多分、俺も相当恥ずかしかったから……林同様、顔が真っ赤だったことだろう。

「も、もう……そこまで言うなら、そうしてあげる」

照れながら林が言った。

内心、俺はホッとした。

「ありがとう。ありがとう、林」

「も、もう。そんなにお礼言わないでよ」

「そんなこと言うなよ。……本当、ありがとう」

一緒に風呂に入ってくれて。

そう付け加えかけて……俺は我に返った。

どうして俺が、林に一緒に風呂に入ってくれと、拝み倒す形になっているのだろう？

どうして林が、俺と一緒に風呂に入ることを仕方がないなあ、というふうに構えているのだろう？

……まあ、いっか。

◇◇◇

風呂にお湯を溜めている間、俺たちはテレビを見ながらボーっとしていた。

「そろそろお湯、溜まったかな？」

「そうだな」

俺たちは立ち上がって、脱衣所へ向かった。

「なんでついてくる？」

脱衣所へ入ろうとする俺の背後にいた林に、思わず俺は尋ねた。

「え、なんでって……一緒にお風呂に入るからだけど？」

「一緒に風呂に入るからといって、脱衣所も一緒に入らないといけないものなのか？」

「は？」

林は意味不明という表情だった。

「……まあ、そうとは限らないけど。一緒にお風呂に入るんだから、一緒にすっぽんぽんになった方が早くない？」

「すっぽんぽん……」

……確かにその通りだな。

俺たち、これから一緒に風呂に入るのだから、服を脱ぐのなら一緒に済ませてしまった方が効率がいい。

そうだよ。俺は昔から効率重視の男だったじゃないか。だったら、ここは林と一緒に脱衣所で服を脱いだ方がいいに違いない。

だが。

「悪い。先に湯に浸《つ》かってていいか？」

「えー……？」

「頼む……」

必死に懇願《こんがん》する俺に、何かを悟った林はニンマリと微笑んだ。

「もー。仕方がないなあ。山本君の我《わ》が儘《まま》に付き合うのは本当、大変だよぉ」

……余裕な雰囲気出しやがって。すげえムカつく。

でもここで反抗すると、じゃあ一緒にすっぽんぽんになる！　とか怒りながら言いだしそう……。

「ありがとうな、林」

何とか愛想笑いを浮かべながら、俺は言った。

「山本、ちゃんとタオルで前、隠してよね」

「……お前もな」

「ふふんっ」

何故だか勝ち誇っている林に背を向けて、俺は脱衣所の扉を閉めた。

そして、ハーーーーッと深いため息を吐《つ》いた。

……勢いに任せて、林と一緒に風呂に入ることになってしまったことを、今更ながら後悔し始めていた。

今からやっぱやめようとか言えないかな。

言えないよな……。

「はあぁぁぁ……」

もう一度、俺は深いため息を吐いた。

「山本、脱ぎ終わった？」

脱衣所の扉をノックしながら、林が尋ねてきた。

虚を衝《つ》かれた俺は心臓が飛び出すかもしれないと思うくらいに驚いた。

「……す、すまん。右手が痛くてな。もう少しだ」

「そう……」

扉越しに聞こえる林の声が萎《しぼ》んでしまった。そういえば、今の林に手の怪我のことは禁句だった。

「すまんな。もう少し待ってくれ」

「ゆっくりで大丈夫だよ」

途端に優しくなった林に若干《じゃっかん》の罪悪感を抱きつつ、俺は渋々服を脱ぎ始めた。右手は痛むが、服を脱ぐのは一分もかからずに終わらせることが出来た。

「もう大丈夫だ」

「わかったー」

学生の一人暮らしの分際で、俺の住む部屋の風呂場はユニットバスではない。ただし、浴槽は少し小さめだ。

「……ここに二人で入るのか」

熱気の籠《こ》もる風呂場にいるせいか、はたまた別の要因か……ドクンドクンと心臓が高鳴っていた。

とりあえず、湯に浸かっていよう。

なるべく右手を水に濡らさないようにしながら、俺は浴槽に体を沈めた。

「入るよー」

「おう」

風呂場の扉が開かれたが、絶対にそちらの方は見なかった。

「何よ、なんでそんなに丸まってるのよ」

早速、林にからかわれた。

「うっさい」

「もー……。ここまで来たんだから、もう覚悟決めちゃいなよ」

「お前、こういう時は男っぽいよな」

「いいから。こっち見て」

呆れ声の林に促《うなが》され……渋々、俺は林の方へ視線を向けた。

露《あらわ》になったうなじ。

健康的な柔肌。

そして、身に纏《まと》っているものはタオル一枚のみ。

なかなかに刺激的な姿だった。

「これでいいか？」

「まったく、しょうがないなあ」

林は苦笑した。

「というか、駄目じゃない」

そして、怒った。

「今度はなんだ？」

「お湯に入る前に、体、ちゃんと洗わないと」

「……」

「当然のマナーでしょ？」

「……はい」

俺は立ち上がり、浴槽を出た。そして、あまり広くない洗い場で、タオル一枚しか纏ってない林と急接近した。

頭がクラクラとしていっているのがわかった。多分、上《のぼ》せているわけではない。意識はハッキリとしている。

ならば……どうしてこんな感覚に襲われているのだろうか？

「……はい。じゃあ、そこに座って」

答えも見出《みいだ》せぬまま、俺はまた林に指示された。

「なんで」

「体、洗ってあげる」

林は俺の肩を摑んだ。風呂場に入ったばかりの林の手は、ヒンヤリしていた。火照《ほて》った今の体ではビックリしてしまうくらい、冷たかった。

「いいよ。自分で洗う」

「その手じゃ無理でしょ」

「……むむむ」

「ね？」

結局俺は、林に言われるまま、洗い場の椅子に腰を下ろした。

「んしょ」

背後にいた林が、俺の前にあるシャンプー類に手を伸ばした。

林の手が俺の肩を摑んでいた。

林の腕が俺の背中に触れていた。

林の胸が……。

「山本」

「……ひゃい」

「先に謝っておくね？」

「な、何を？」

背後にいた林の吐息《といき》が、妙に扇情的《せんじょうてき》だった。

「あたし、あんまり上手《うま》くないから」

痛いくらい……本当に痛いくらい、心臓が高鳴っていた。

「あんたと違って、手先器用じゃないからさ」

「……ん？」

「結構豪快に髪洗うけど、許してね？」

「……右手に水がかからないようにだけ注意していただければ。……まあ」

「あ、そうだね。それは気をつける！」

シャワーからお湯が流れ出した。

一日半で溜まった体の汚れ。疲労。……そして、煩悩《ぼんのう》を洗い流すシャワーは、いつもよりも気持ちのいいものだった。

「痛い」

林にシャンプーをされながら、俺は呟いた。プチンと髪が抜ける感覚があった。

「あはは。めっちゃ抜けた」

「めっちゃ抜けたじゃないのですが」

「大丈夫。まだ全然、たくさんあるじゃん。禿《は》げない禿げない」

「禿げるから指摘しているわけじゃないんですが……痛いから指摘しているのですが……」

「もー。男なんだから細かいところは気にしない気にしない！」

本当、こういうところは大雑把《おおざっぱ》な女だよな、林って。

「よし、終わり」

「ありがとう……ございます」

「うん。じゃあ……次は体かな？」

「……っ」

まあ、当然の流れだよな。

「体は自分で洗おうかなー……なんて」

俺は言った。遠慮をする理由は様々だ。

「駄目。あたしがやる」

「でも……」

「大丈夫。こっちは任せてよ。男の人の体洗うの、慣れてるもん」

……それは、内海の体を日常的に洗わされてたということだろうか。多分、そうに違いない。林から聞かされている限り、彼女はあいつと一緒に暮らしている間、散々、あいつに尽くすことを強要されてきたのだから。

「そっか。すまんな……」

そんな話を聞いたら、断ることなんて出来るはずもなく、俺は言った。

「うん。任せて！」

林の声は、ハツラツとしていた。

「懐《なつ》かしいなあ。子供の頃、お父さんの背中を毎日洗ってあげてたんだ」

……そっちかい。

「あの時はまだ、あの頑固親父とも普通に仲良かったんだけどねー」

「今は勘当されてしまったと」

「うん。……じゃあ、洗うよー」

林の持つボディタオルが、俺の肌に触れた。

ボディタオルで体を洗われていると、確かにさっきより気持ちが良かった。なるほど、洗髪とは違い、体を洗うのは得意なようだ。……何だかどうしても、卑猥《ひわい》な意味合いに聞こえてしまうのだけが遺憾《いかん》だが。

「よし。背中終わり！」

「んあー」

「じゃあ……次は前だね」

「前は自分でやるからっ！」

気持ち良さに気が緩《ゆる》んでいたが、途端に正気づいた。

「えー、でも……」

「大丈夫だから」

「……もー。仕方がないなあ」

林からボディタオルを受け取って、俺は左手でいそいそと体を洗った。

「終わった？」

「おう」

「じゃあ、シャワーで流すねー」

シャワーで泡を洗い流し終えると、何故だかどっと疲労感が襲ってきた気がした。

「お疲れ様」

「……ありがとな。じゃあ俺、湯に浸かっているから」

「うんっ！」

林は快活に頷いた。

俺は再び浴槽に体を沈めて、なるべく前方だけを見ようと意識した。少しでも横を見てしまったら最後、後で林に何を言われるかわかったもんじゃない。

「もー、長い髪洗うのメンドイー」

前だけを見続ける俺の耳に、煩《わずら》わしそうな林の声が届いた。髪を洗うのに使用しているシャンプーの香りが仄《ほの》かに漂っている。

「そういえばお前、ずっと男物のシャンプー使ってるんだよな」

「えー？　あー、そうだねー」

「女物のちゃんとしたシャンプー買わないとな」

「えー？　別に……爽快感があって悪くないよ？」

「……ズボラ」

「適応力があるって言いなさいよ」

　髪を洗う音がやんだ。

「……まったく。そんな生意気な態度取るんだ？」

「な、何する気だよ」

まさか殴るつもりか？

ふん。かかってこいよ。

ちょっと殴られたくらいじゃあ、俺は自分の非は認めないぞ？

「別に、大したことじゃあないよ？」

「……」

「ちょっとこのタオルを取って、あんたに迫ってあげようと思っただけ」

「俺が悪かった……っ」

　こいつ、なんて殺し技を持っていやがるんだ……っ。

　くっ、勝てる気がしない……っ。

「まあぶっちゃけ。このタオル取りたいのは本当なんだよね。暑いし」

「お前、意外と暑がりか？」

　そういえばこの前、林は風呂上がりに、パンツ一丁でリビングに戻ろうとしていたっけ。

「暑いの苦手ー」

「……でもお前、朝は貧血気味だって言ってなかったか？」

「寒いのも苦手ー」

「適応力皆無じゃねえか」

「ふふんっ。だから、あんたがちゃんとリードしてよね」

シャワーが流れる音が弱まっていく。

栓《せん》を閉める音が耳へ届いた。

洗い場の椅子が床を滑る音がした後……。

「ふーっ」

林の大きなため息が聞こえた。

「詰めて……？」

浴槽の前に立つ林に言われた。

林に命じられるがまま、俺は体を浴槽の端に寄せた。

「よいしょ」

そうした後、俺は後悔をした。何の気なしに浴槽の端に体を寄せたが……背中を壁側に寄せてしまったのだ。

そのせいで、さっきと違い、目を逸らすことが出来なかった。

何を……？

それは、林の細い足。足首。太ももを……。

健康的な肌色を上へとたどった視線は、あと少しというところで白いタオルに行き着いた。

「な、なんでこっち向きに浴槽に入るんだよ……っ！」

向かい合わせになるように湯に浸かった林に、俺は語気を荒らげた。

「あはは……狭いね」

林は照れ臭《くさ》そうに笑っていた。

「向こう向けよ」

「えー」

「えーって、お前……」

「……ねえ、山本」

俺の言葉も聞かず、林は俺の体を見ていた。

情熱的で、魅惑的な瞳だった。

「お、おい……林？」

また、心臓が高鳴った。

この狭い密室で林と二人きりなんて、妙な雰囲気にならないはずがなかった。

林は情熱的な瞳のまま……。

俺の言葉に返事もせず……。

白く細い指を、静かに俺に伸ばしてきた。

水面が揺れていた。微《かす》かな揺れだ。それに比して、俺は激しく動揺していた。

……俺はずっと自分を律してきた。林をここに匿って以降、ずっと……。

当然だ。

俺たちは友達でもない。

恋人でもない。

それこそ、高校時代は互いとの距離を置いていた。

だから、過《あやま》ちを犯すわけにはいかないと思っていた。

……でも。

少しくらいなら……。

「あんたって本当に、筋トレに嵌《は》まってたんだね」

感心したような声で、林が言った。

……温かい湯に浸かっているのに、サーッと熱が冷めたような気がした。

「ね。触ってもいい？」

「好きにしろ」

「うん。答え聞く前に触らせてもらってたよ」

ペタペタと、林が俺の腹筋に手を触れていた。

「ほへー、めちゃ固い」

「……これが固いもんか。全盛期はもっと凄《すご》かった」

「齢《よわい》十九で全盛期とか言ってる」

「事実だからな」

「ふうん。ねえ、筋トレってキツくないの？」

「キツくない。筋肉がエキサイトしているからな」

「バカか？」

そう言って呆れながらも、林は未だに俺の腹筋に手を這わせていた。

「お前、筋肉隆々《りゅうりゅう》な男とか好きなの？」

「え、別に？」

「……じゃあ、なんでこんなに関心を示しているの？」

俺の質問に、林はキョトンとした顔をした。もしかしたら、本人もどうして俺の筋トレの話題に興味を示したのかわかっていなかったのかもしれない。

「あ。わかった」

ただ、すぐに答えを見つけたようだ。

「多分、あんたのことだからだ」

そう、林は口にした。

一瞬、ドキッとした。この狭い密室で林と二人きりになって以降、俺はずっとドキドキしっぱなしだ。

ただわかる。これだけはわかる。

「それは多分間違っている」

俺は言った。

「お前、俺たちの昔の不仲っぷりを忘れたのか。高校時代、俺たちは碌に会話もしなかったんだぞ。それがたった数週間で……そこまで劇的な変化を遂《と》げるはずがないだろ？」

「遂げたもん」

「何を根拠に」

「根拠は……あんたと一緒よ」

「一緒？」

「あたしも思ったの。あんたと同じように思ったの」

「何を」

「……あんたのこと、大切だって、思ったの」

思わず、俺は呆気《あっけ》に取られた。

高校時代の俺たちの関係を知っている人から見たら、俺がここで呆気に取られることは当然だと思ってもなんら不思議ではない。それくらい今、林はおかしなことを言ってのけたのだ。

「あたしね、嬉しかったの」

混乱する俺を余所《よそ》に、林は続けた。

「昨日、あんたが来てくれた時、本当に嬉しかったの。助かったーって思ったの。でもね、そのせいであんたは怪我をしてしまった」

「この手の怪我はお前のせいじゃない」

「そうかもね。でも、原因の一端であることは間違いない。宮内の発言の矛盾《むじゅん》にあたしが気づいていれば……こんなことにはならなかった」

宮内の発言の矛盾とは、一度目に会った時と二度目に会った時で、宮内の言っている住所が異なっていたことだろう。

「……あまり落ち込むな。お前たち、もともと友達だったんだろ？　友達の発言を端《はな》から疑ってかかるなんてなかなか出来ることじゃない」

「……山本」

「な？」

「ごめん」

林は謝罪の言葉を口にした。

「あたし、別に落ち込んでいるわけではないの」

「……そうなのか？」

「うん」

林は視線を下げて、優しく微笑んだ。

「だってあんた、いっつも言うじゃない。謝るな、とか、失敗から学べばいいんだ、とか」

「……」

「そりゃあ、罪悪感はあるよ。当然だよ。一端とはいえあたしに原因があることで、大切な人に怪我を負わせてしまったんだから」

「……林」

「でもあんたは……あたしの謝罪の言葉なんて聞きたくないでしょ？」

顔を上げた林の瞳は、少し潤《うる》んでいた。彼女なりに葛藤《かっとう》しているのだろう。葛藤した末に、行き着いた答えなのだろう。

「だから、あたし思ったよ？」

林は微笑した。

「今度はあたしが、あんたを助けるんだって……」

「助ける……？」

「そう」

はにかむように、林は頷いた。

……俺は合点《がてん》がいった。

「まさか、突然一緒にお風呂に入ろうだなんて言いだしたのも、右手が使えず風呂に入るだけでも俺が苦労すると思ったから……？」

「うん」

「笠原の見舞いを断ったのも……俺に気苦労をかけさせないため……？」

「そうだね」

「さっきご飯を食べさせてくれたのも……？」

「……その手じゃ、ご飯食べるの大変でしょ？」

「掃除時間の制限を取っ払ってくれたのも、そうなのか……？」

「いや、それは本当に時間かかって大変そうだと思ったから」

「あ、そう……」

「怪我治ったら戻すから。絶対に」

「はい……」

ムード的に、それもだよ、ということにしておけよ。掃除時間制限の撤廃はまた怪我でもしない限りは無理みたいだ。くそう……。

まあ、それはともかく……俺は林の発言を振り返ってみることにした。

大切な人に守ってもらった恩返しに、今度は自分が相手を助ける、か。

なかなか殊勝《しゅしょう》な考え方だと思った。それこそ、自分本位な俺なんかでは到底、思い至ることはなさそうな発想だ。

そんなふうに考えられる林のことを、素直に羨《うらや》ましいと思った。だけど同時に、少し勿体無《もったいな》いとも思った。

「そういう親切心は俺以外の奴に抱けよ」

俺は言った。

「俺以外の……お前にとって見返りがある奴に抱け。そういう感情は」

「バカ言わないで」

林は苦笑した。

「あんただからするんじゃない」

「……メリットがないだろう？」

「昨日の夜、あたしを守ってくれた。お風呂の後、髪を乾かしてくれた。スマホの初期設定をしてくれた。灯里と再会させてくれた」

「……」

「ここに、あたしを匿ってくれた」

少しだけ面映《おもは》ゆかった。

「ほら、メリットしかないじゃない」

「……どうだか」

「この意固地」

「そういう性格ってことはよく知っているだろ」

「まあね。ただ、相手が意固地なのを知っているのはお互い様でしょ?」

「……まあなぁ」

「あたし、絶対に自分の意見は曲げないよ」

「曲げろよ」

「無理。これ以上言っても無駄だよ? それもわかっているでしょ?」

わかっている。

文句の言葉はたくさん浮かぶが……彼女の言う通り、林が絶対に引き下がらないことはわかっているのだ。

「……はあ」

俺はわざとらしくため息を吐いた。

本当、俺に負けず劣らず我《が》が強い女だ。こっちが親切心で言っているのに、つけ上がりやがって。

……ただ、そんな我が強い女とのこの生活も、意外と居心地が悪くないと思っているのだから……俺も大概《たいがい》か。

「というわけで、あんたの手が治るまで、あたし、全力であんたを助けるから」

「そうですか」

「いろいろ言ってよ。何でもいいよ？」

「何でもいいと言われてもなぁ……」

「本当に何でもいいんだよ？　例えば、またお風呂に一緒に入って、でも、夜のトイレが怖いから付き添って、でも、それこそ抱かせてでも」

「わかった。今お前が言ったことは全部頼まないわ」

「ぶーっ、なんでよー？」

林は膨《ふく》れた。

こうやって膨れている林には悪いが……そんな世話を頼めるわけないだろ。林を道具のように扱ってしまったら、俺、本当に内海の奴と何も変わらなくなってしまうじゃないか。あいつよりはマシってのが、今の俺がこの同棲生活で、精神的な均衡を保てている要因の一つでもあるのに、みすみすその権利を手放すはずがないだろう？

「頼んでよー。ねー。なんでも頼んでよー」

林は俺の両肩を摑み、俺を揺さぶった。

俺は平静を装《よそお》いながら……目のやり場に困っていた。

「わ、わかった。頼む。頼むからやめろ」

「本当!?　何を頼んでくれるの!?」

林の期待の込もった眼差《まなざ》しが痛い。

答えを急《せ》かしてきたところ悪いが……正直、現状林に頼みたいことは特に……あった。

一つ。すぐにでも林に頼みたいことが、俺にはあった。

少しだけ思った。もしかしたら林は嫌がるかもしれない、と。

……でも、そうでなければいいな。

「林」

「何？　何？」

「明日、夏祭りに行かないか？」

第十章　夢見心地な女王様

CHAPTER10

「山本《やまもと》ー、ファンデーション塗ってー」

脱衣所から林《はやし》の声がした。

俺は立ち上がって、脱衣所へ。扉を開けると、林は……俺が贈った浴衣《ゆかた》に着替えていた。

「……林」

「何?」

林は鏡を見ながら、長い髪をポニーテールにまとめているところだった。

「腕の痣《あざ》、少しずつ薄くなってきたな」

「……うん」

林は微笑んでいた。

「それだけ、いろいろあったってことだね」

今日、俺たちは昨日、二人で風呂に入っている際に決めた通り、夏祭りに行く予定になっていた。

「よし、じゃあ行くか」

林の腕にファンデーションを塗り終えて、俺たちは部屋を出た。

俺のアパートの近所の夏祭りは、一昨日林が参加しようとしていたものと比べたら、規模はそこまで大きくない。この地区にある神社に祀《まつ》られている神様に、日頃の感謝をささげることを目的とする、区域内の住民だけが集《つど》う程度のこぢんまりとした祭りだった。

「結構人いるな」

「そうだね」

しかし、小規模の祭りだと高を括《くく》っていたことを、俺は早速後悔させられた。狭い路地に立ち並ぶ様々な屋台。そして、その屋台の間を行き交う人々は、予想外に多かった。

個人的に、俺はあまり人出の多い場所は好きではない。前を歩く人と歩調が合わず、自分のペースで歩けないような状況になるだけでストレスを覚えてしまうほどだ。

「……山本」

「ん？」

「帰る？」

俺は驚きのあまり、隣に立つ林を見た。

林は真剣な眼差《まなざ》しを俺に向けていた。どうやら冗談のつもりで言ったわけではないらしい。

「……行くぞ」

「……うん」

どうして林が帰宅するかと尋《たず》ねてきたのか。その理由はあまりにも明白だった。多分、隣から見て……相当、俺がうんざりした顔をしていたからだろう。

林を夏祭りに誘った手前、辟易《へきえき》しているような態度は仕舞いこもうと思った。

「それにしても、本当に……人、多いな」

「そうだねー」

「人口密度が高いから、暑さも一層増した気がする」

「確かに」

「……」

話題が尽きた。こういう催し物に異性と出掛ける経験が皆無に近くて、どんな会話をしていいのか、あんまりわからなかった。

「……迷子になりそうだなあ」

林がポツリと呟《つぶや》いた。

「子供みたいなこと言うな」

「いやいや、あたしまだ子供だし。だって、まだ十代なんだよ？」

「その言い訳もこの前までなら使えたんだろうがなあ……」

ちょっと前に成年年齢が十八歳に引き下げられたから、林の言い分はもう通らない。

「まあ、仮に迷子になっても部屋には戻れるだろ？　ここから近いし」

「……」

「おい黙るな」

林は、頬をほのかに赤く染めて俯《うつむ》いた。

まさか林の奴……機械オンチなだけでなく、方向オンチでもあるっていうのか？

「……そうだ」

ふと、林は何かを思いついたらしい。

「山本、手、繋ごう？」

「は？」

「手だよ。手。よく考えれば手を繋げば、あたしも迷わずに済むじゃない！」

「……俺が迷えば一緒に迷うことになるのだが？」

「あんただったら大丈夫でしょ」

「俺を過信するな」

「何よ。頑《かたく》なね。もしかしてあたしと手を繋ぐこと、意識しちゃってる？」

……図星です。

黙った俺を見て、林は途端、ニンマリと微笑んだ。

「もー。山本君、ウブすぎだよぅ。そりゃあ確かに、あたしは可愛いけどもー？」

「バカ言え。相手の容姿関係なく、異性と手を繋ぐことになったら俺は照れるんだよ」

「その発言、別にあたしの容姿が可愛いことを否定しているわけじゃないよね?」

……そりゃあ、高校時代から、お前は容姿だけは可愛かったからな。性格は……まあ、最近は少しだけ、可愛い部分もあるじゃないか、と思うようになった気がする。

「……ん!」

照れてる俺の左手を、林は強引に奪った。

「あんたの手、意外とガッシリしてるね」

「そりゃあ、男だからな」

「そっか。ふふっ、そっかそっか」

林は上機嫌になって、俺の手を引いた。

ふいに、香ばしい匂いが鼻腔《びこう》をくすぐった。食欲をそそるようないい香りだった。

「林、何か食べたいものあるか?」

「え?」

「食べたいもの。何か食べようぜ。折角《せっかく》、夏祭りに来たんだからさ」

「……そうだね」

林は考え込む仕草を見せた。

「……うん。そうだね。折角来たんだもんね」

ただ、すぐに優しく微笑んだ。

「おう。で、何食べたい？」

「……そうだね」

俺の手と繋がっていない左手を顎《あご》に当てて、林は考え込んだ。

「……特にないか？　食べたいもの」

「うーん……」

同棲生活をして知ったこと。

林は意外と、物欲がない。

スマホをデコレートするアクセサリー代をケチったり、男物のシャンプーをありがたがって使ったり。

もしかしたら、今日も祭りの雰囲気を楽しみたかっただけなのかもしれない。

「あ、あった」

ただ、何とか食べたいものを思いついてくれたようだ。

「何が食べたい？」

尋ねた俺に、

「あんたの食べたいもの」

林は答えた。

「あんたの食べたいものが、今はあたし、一番食べたいかな」

「……そうか」

「うん」

「……それなら焼きそばを食べようぜ」

もっと我が儘《わがまま》を言っていいぞ、と言いかけて、俺はやめた。無用な口出しだと思ったのだ。

林は我が儘を言いたい場面では、こっちも呆れるくらいのことを言う。それは、この同棲生活を通じて、俺が知ったこと。

つまり、我が儘を言わなかったということは、心の底から願ったのだろう。

「じゃあまずは、どの焼きそばが一番旨《うま》いか見極めるか」

俺の好みに合わせてくれるというのなら、その判断が間違いだったと思わせないような選択をするのが俺の誠意。

俺は一番美味《おい》しい焼きそば選びに熱を入れようと思った。

「あんたって、本当にみみっちい性格をしているよね」

明後日《あさって》の方向に熱意を傾ける俺に、林は呆れていた。

「そんなに褒《ほ》めるな。照れるだろ？」

「褒めてないよ。まったく……」

「……」

「本当、仕方のない人なんだから」

呆れるような言葉を口にしている割に、林の声は優しかった。

「ねえ、山本?」

林は少し悲しそうな顔をしていた。

「どうしてあんたは……今日、あたしを夏祭りに誘ったの?」

多分、昨日言われた時から疑問に思っていたのだろう。

どうしてこの俺が……林を夏祭りに誘ったのか。

当然の疑問だ。林は俺という人間をよく知っている。少なくとも、友人を祭りに誘うような社交的な人間でないことも、嫌というほど、理解しているだろう。

俺は迷っていた。真実を言うべきか。白《しら》を切るべきか。

多分、適当に誤魔化すことは難しくない。俺が何を思って林を夏祭りに誘ったか。その理由を、いかにももっともらしく、でっち上げることは簡単だ。

……多分、前の俺ならそうしていただろうな。

「トラウマにしたくなかったから」

でも今は違った。

「夏祭りであんな目に遭《あ》ったら普通……もう、夏祭りになんて行きたくないって思っても何ら不思議ではないだろ? それが勿体無《もったいな》いと思ったんだ。友達と、特別な場所で、かけがえのない時間を過ごす。夏祭りなんてそれの最たる例だろ？　それなのに、あんなしょうもない事件のせいで、お前が夏祭りに一生行かないようになるのが嫌だった」

「……そっか」

「と、それも理由ではあるけれど……」

「……え？」

「一番は……ぶっちゃけ違う。別の理由だ」

一瞬、言うのを躊躇《ためら》った。だってこんなの……実に、俺らしくないから。

「……最初はさ、本当に怒らせたことへの謝罪のつもりだったんだ」

「……え？」

「その浴衣をお前に贈ったことだ」

「……浴衣？」

「そうだ。……この前、浴衣を受け取ってもらった時に話した通り、最初は……お前に謝りたくて、贈り物を探していたんだ。そんなところにその浴衣を見つけたんだ」

意味がわからない。そう言いたげに、林はキョトンとしていた。

「他にもいろいろあったんだ」

顔が熱かった。

「大人っぽいやつ。綺麗なやつ。いろんな浴衣があったんだ」

口がわなわなと震えた。

「でも……俺はその浴衣を選んだ」

恥ずかしかった。

「脳裏で思い描いたんだ。その浴衣を着ているお前の姿を」

でも、心とは裏腹に口は止まらなかった。

「そして……気づいたら買っていた。それなりに値が張って、お前が恐縮してしまうだろうことはわかっていたのに……気づいたら俺はその浴衣を買ってしまっていたんだ」

俺は大きく息を吸った。

「つまりさ。俺はその浴衣を、お前に着てほしかったんだ……」

俺には似合わない言葉を吐いた。

「その浴衣が、お前に似合うと思ったんだ……っ！」

激しい運動をしたわけでもないのに……息遣《いきづか》いが乱れていた。

「だから、見たかったんだ」

俺は視線を泳がせた。

「お前がその浴衣を着ている姿を……この目に焼きつけたかったんだ」

話しすぎたと少し後悔をした。

「お前が……その浴衣を着て、楽しんでいる姿を……」

でも、同時に清々《すがすが》しさも内心にあることに気がついた。

……多分、拝むことが出来たからだろう。

俺が贈った浴衣を林が着て、楽しむ姿を。喜ぶ姿を。……隣を歩いている姿を。

林は面食らった様子だった。俺の本心を知り、戸惑《とまど》い……返答に困っている様子だった。

いっそ、バカにしてほしかった。

「……山本」

でも、林はそんなことをするような奴ではなかった。

「今のあたしの姿は……どう？」

林は、俺が望むよりも男らしくて。

「あんたが贈ってくれた浴衣を着た今のあたしは……あんたのイメージ通りかな？」

献身的で……。

「あんたのイメージより、似合っていないかな？」

でも、実は……弱くて。

「……どう、かな？」

こういう時、不安で瞳の奥を揺らすような女の子だった。

そんな目をするくらいなら聞かなければいいのに。

「バカなこと言うな」

俺も同じか……。

「い、イメージ以上だよ……」

まるで、鉄板の上で炒《いた》められている焼きそばにでもなった気分だった。痛いくらいに顔が熱かった。

でも、嫌な気はしなかった。むしろ、心地良かった。楽しい夢を見ている時のように……心地良かったんだ。

「ほ、ほら、焼きそば買いに行こうぜ」

「う、うんっ。そうだね」

俺たちは焼きそば探しのために歩き出した。

林と笑いながら、手を繋ぎながら、焼きそばの屋台を探しながら……内心で俺は思っていた。

出来れば、焼きそばの屋台が見つからなければいいな、と。

出来れば、この夢が覚めなければいいな、と。

出来れば、林との……この女王様との同棲生活が、まだまだ続けばいいなと思った。

林と一緒に暮らしたこの数週間は、これまでの俺の人生では味わえないような刺激的な時間の連続だったから。

喧嘩したり。

泣かせたり。

落ち込ませたり。

怒られたり。

笑い合ったり。

林と過ごしたこの時間が、とても楽しかったから。

でも俺は知っていた。覚めない夢などないと……知っていた。

林を苦しめたＤＶ男は警察に連行された。

林に危害を加えようとした宮内《みやうち》も、警察に拘束されている。

もう、林の身に危険が及ぶ可能性はなくなったのだ。

もう、林が俺の部屋に隠れ続ける意味は……なくなったのだ。

「じゃあ、行ってきます」

林が次の部屋探しを始めたのは……俺たちが一緒に夏祭りに行ってから四日後のことだった。

あとがき

皆様お久しぶりです。ミソネタ・ドザえもんです。

この度は『高校時代に傲慢だった女王様との同棲生活は意外と居心地が悪くない』の第二巻をご購入頂き、誠にありがとうございます。

一巻発売から約半年。皆様のおかげで二巻発売に何とか漕ぎ着けることが出来ました。重ねてになりますが、本当にありがとうございます。

最初、編集者様から続巻の提案を頂いた時は、歓喜よりも安堵《あんど》の気持ちの方が大きかったです。

作家という立場で本作に携《たずさ》わらせてもらっていますが、この本は決して私一人の力だけで出せたものではないと思っています。

親身に相談を聞いてくれる編集者様。

本作にぴったりなイラストを書いてくださるイラストレーター様。

その他、たくさんの関係者。

そして本作を買って読んでくださった皆様。

これだけの人が関わってくれたからこそ書籍化出来て、続巻も発売することが出来たと私は思っており、そしてその事実が身に沁《し》みれば沁みるほど、私の力などちっぽけなものだと知らしめさせられるばかりでした。

だからこそ続巻の提案を頂いた時は安堵しました。本作のために助力頂けた皆様の頑張りがフイになるような結果にはなってほしくないと、心の奥底で思っていたのだと思います。

ただ正直、続巻が決まり二巻の執筆を始めてからは結構苦労をしました。その苦労具合がどれくらいかと言えば、人生初書籍となる本作一巻よりも辛《つら》かったというレベルです。

一体、どうしてそんなに苦労したのか。

一巻を書いている時、これで全てを出し切るつもりで書いていたこと。

WEB小説版とはまるで異なる展開で進めたため、どんな話を展開するか悩んだこと。

無論、その程度の理由で苦労をしたわけではありません。

編集者様と大体のプロットを固めたのが二月ごろ。そこから早速二巻の執筆作業に当たったったのですが……。

部屋が寒い！

暖房を付けているのに、部屋が寒い！

手は悴《かじか》むし、寒さを紛《まぎ》らわせるためにちょっとベッドに寝転がると気付いたら朝になっているし……。

ちょっとだけ眠ろうかな、と冗談交じりにベッドに寝転がっただけなんだぜ？　それなのに……睡魔って本当、冗談通じないよな。友達とかいなさそう。私だって、もし睡魔と友達になってと頼まれても、絶対に嫌だもん。

ちなみに、最終的な防寒対策は一冬を越すことだった。

時間が解決してくれるものって、人間関係だけじゃないんだな。

日本に四季があって良かった。

生まれて初めて、そう思わされました。

本当、本作が書籍化されてからというもの、学ばせて頂くことばかりです。

是非とも今後も、三巻、四巻……と続けさせて頂き、更に学びの機会に恵まれれば嬉しいです。

そのためにも皆様、もし本作も面白いと思ってくださったのなら、精読用に加えて、保存用、布教用、作者印税用に本作をもう数冊買って頂けると嬉しいです。

最後に、次からはもう少し真面目にあとがきを書こうと思います。

皆様、本当すみませんでした！

この作品の感想をお寄せください。

あて先　〒101-8050　東京都千代田区一ツ橋2-5-10
集英社　ダッシュエックス文庫編集部　気付
ミソネタ・ドザえもん先生　ゆがー先生

ダッシュエックス文庫

高校時代に傲慢だった女王様との同棲生活は意外と居心地が悪くない2

ミソネタ・ドザえもん

2024年7月30日　第1刷発行

★定価はカバーに表示してあります

発行者　瓶子吉久
発行所　株式会社　集英社
〒101−8050　東京都千代田区一ツ橋2−5−10
03(3230)6229(編集)
03(3230)6393(販売／書店専用) 03(3230)6080(読者係)
印刷所　大日本印刷株式会社

ISBN978-4-08-631561-6 C0193

傷ついた少女を癒す 大人気ファンタジー 初の
完全小説化!!
「大丈夫です。きっと私が
貴女を治してみせますから」
原作者・ぎばちゃん先生による
描き下ろしイラスト満載!!
ダッシュエックス文庫より
大好評発売中!!
〔原作・イラスト〕ぎばちゃん 〔小説〕綾坂キョウ

豪華寄稿陣による
スペシャルアート掲載!!
寄稿作家一覧（50音順・敬省略）
碇マナツ　タケウチリョースケ
92M　千種みのり
桜井のりお　肉丸
40原　猫麦
じゅん　八木戸マト
祝！小説化!!!
カバーはこちら!!
小説『ボロボロのエルフさんを幸せにする薬売りさん』
Dying elf & apothecary